贴地飞行

TIE DI
FEI XING

肖双红 著

深圳出版社

自　序

　　这本随笔《贴地飞行》是我从 2018 年到 2022 年写作的经历和忠实的记录。

　　四年多的漫漫长夜和那些晴朗或者阴暗的白昼过去之后，岁月留下了一些挥之不去的东西。而这些东西总是在我的记忆里顽固地出现，总是那么清晰地拍打着我脑际的底板，让我无法自拔地沉浸其中。

　　回首往事就是一种藕断丝连的回忆，也是一个人多活一次的明证。我的业余写作生活不温不火地持续了二十多年，当我意外地得知自己所写的东西似乎因为某一个新闻事件而受到了社会的高度关注，读者的满意度也好得不得了时，我由此而倍感欣慰。

　　当然，这一切只是关系到我文章发表以后的环境效果和社会的影响力。若读者有了抱怨，或者不愿意看我的文字，抑或是对此置之不理，那么也是在情理之中的结果，也是对我的一次警醒和鞭策。我想，原因可能是我写作的能力不够，基础不牢固，让读者失望。当然，这样一来，读者的数量会相应地大打折扣。相反，如果评价好，使用我稿件的平台就会相应地增多，每一篇文章的报酬也多少会有所提升。

我实在无法理解民国时期的某些作家，始终想不明白他们是怎么样用文字来养活自己的一家老小的。在当今的环境下，一个写作能力很一般的作家，是很难用文字来养活自己的，更别谈养活一家老小了。我便是这样的一个半吊子的写手。

然而，我没想到的是，在经过二十多年的碰壁之后，在接近老年边缘的时候，尽管我在作家界依然同新手无异，可约稿还是一件件纷至沓来。报酬也算得上水涨船高。负责我文章把关的编辑对我写出的文章也表示欣赏。有些读者甚至评价说："文字有魅力，这种写法是独辟蹊径的。"

这无疑是对我的鼓励，我将一如既往地坚持写下去。

至于我写的文章何以得到如此这般的评价，我自己并无想得起来的情由和原因。作为我，虽然投入很多的热情和精力，不过是一件接一件完成自己分配给自己的任务罢了。老实说，自己迄今在文章中刻画了怎样的人物，如今一个都想不起来了。话虽这么说，毕竟我是志在当一个好的写手的。一旦开始写作，无论是哪一种类型的写作，都不能说我的写作毫无价值。果真那样，势必玷污自己写出的文字，贬损自愿从事的业余职业。

我常常会提醒自己，纵使写不出值得自豪的作品，也不能写成足以让自己蒙羞的东西。这或许可以称之为职业道德吧。虽然作为我而言，仅仅出于害怕被人看不起的心理。

现在，我已经可以通过经纪人寻找自己写出的稿件的出路，这是因为，不是我自愿当上如此类型的自媒体人、如此类型的写作者的。我只是被种种样样的情由裹挟着而不觉之间不再为自己满天飞的文字找到了出路罢了。

一个人成年以后，必须考虑生计的稳定诚然是一个起因，但不仅仅如此。实际上，我想我在那之前就已经对"为自己而写作"不再怀有多么强烈的愿望了。

如今，退休以后，我又开始了新的创业，做一个专业从事写作的人。这件事说起来简单，真正做起来就没有那么容易。幸好我以前所写的文章发出以后，积攒下了很好的人气和粉丝，从头再来的创业便没有那么地艰难。

过去的所谓的工作的繁忙，可能不过是一种懈怠的借口而已。我已经到了很难说自己是年轻人的年龄，那种胸中燃烧的火焰的情况似乎正在从我身上一点点地消失了，我正在一点点忘却以其热度温暖身体的感触。

对于这样的自身，想必早就应该在哪里当机立断，早就应该采取某种措施。而我却一步步拖延下来。比我先了断的是我的职业。了断职业上的缠绕的这一年正好我进入了六十岁。

我的多血质的性格特点，此刻又一次激烈地、超出理性控制地表现出来。有人说性格即命运，我对此十分赞同，而与此同时，我还认为，性格即历史。就在我冲冠一怒的那个瞬间，墨一样浓的愤怒淹没了我的理智，让我变成了野兽。

当我平静下来之后，我发现自己已被判定为一出悲剧的主角：我不但失去了自我，也失去了同类，同时，还失去了独立思考的能力。在这个条理分明的世界上，我丧失了经度和纬度，找不到自己的坐标。我成为一个被赤裸裸的愤怒驱动着的人，一瞬间撑破了文化在我身上形成的层层伪饰，显露出未被阉割的真性和实意。

我希望自己再有一次处于一种超然状态。我的追求是在有安全保障的前提下抵达一个未知的终点，那个真实的难以接受的现实世界慢慢抽离出自己整个的身心。这一结局不禁令人想起自己有可能在流尽最后的泪水后慢慢地遁入某一种非现实的虚无。

为了灵魂的自由，为了深入我所向往的文学世界，在某种意义上讲，我写这些文字就是一场自我治疗的过程。换言之，文字之于我是一场自我治疗和革新，使我的灵魂获得了自认为的自由，而作为文字写作这一手段，一是选择了同彼岸世界、异界或死亡世界的真诚对话；二是选择了同另一个自己，即自己的分身对话。我既是主体，亦是客体。

人类生活的世界是丰富多彩的。人一生的经历也是各不相同，所面对的世界也是色彩斑斓的。人类体验事物是以自身的角度去观察并得出结论的，总是以自己的经验为最初的感觉去认识问题的。可悲的是，我们中间的大多数人总是排除事物存在的客观意义而用主观判断去思考周围环境。

我们常常见到的这类人的表现是孤立自己，脱离同类，其所作所为于己于人皆无益处，或者说于己于人皆有坏处而不自知。

　　总而言之，人的存在无法脱离自己所经历过的生活给予自己的最初的体验，一旦以自我封闭为前提，我们在社会上的一切行为和行为的后果就毫无意义。

　　这些随笔所记录下来的，就是我的另一条人生之路。与虚构的小说所描述的人生之路不同的是，它是历史，是活生生的实事，完全有着还原的可能性；有确凿的证据去佐证，而且准确无误。虽然岁月的流逝会使它纸张泛黄字迹不清，但每一次的回顾都会让这本书焕然一新，重新获得鲜明而且具体的形象。这也是我为什么如此热爱写作的理由。

2022 年 5 月 23 日

目　录

我的职业是警察①

宝贵的时光

由于工作调动，我已经离开我曾经工作过的派出所多年了。

2021 年，因为公务，我去了一趟我曾经工作过的派出所。跟我一起工作、合作过多年的内勤见了我，非常高兴地拿出一本相册，翻开第一张照片指给我看。跟随着她的指引，我的目光在相册上来回滑动。

大约 10 秒钟以后，她缓缓地摇了摇头，一双美丽的眼睛盯视着我，好像是想起什么往昔难以忘怀的场景似的在眼角聚起迷人的皱纹。我内心不由自主地感慨起来：看来，岁月同样没有饶过她，把一个漂亮的小姑娘打磨成为一个资深的、成熟的美女警察了。

她笑着对我说："跟您汇报一下，所长，表面上，从这张照

---

① 考虑到警察身份和工作环境的特殊性，文中所提到的人物和地点均使用了化名，场景和所涉物品亦做了文字隐匿处理。

片上好像什么也看不出来，有点像黑白照片，模模糊糊的，只有几个人的轮廓，纯粹是影子罢了。但是，真实的情况是，当时照相的时候，您在另一个位置，是侧着身子站在一个抓捕犯罪嫌疑人的现场。刑事技术人员是在奔跑的过程中抢拍下来的。也就是说，他在运动的过程中，手指无意间按动了快门，把您也拍下来了，只不过，角度和取景完全是随机的，有点随意，这一切都没有反映在照片上。"

　　我在公安机关的职务变动过很多次，但是，派出所的内勤依然叫我所长，这让我感觉彼此之间的距离并没有拉远。我听得出，她的语声中有着坚贞不屈的、亲切的韵味，一种莫名的感动油然而生。我捉摸，可能是她已经习惯了这种称呼，一时无法改口。其实，她称呼我为所长，我除了倍感亲切之外，更多的是增加了我对于过去在派出所生活的念想。当然，容貌美丽、端庄的女性，有着纯天然的率真与优雅，这对我也是一种无形的召唤和鼓舞。

　　就在我这样不停地被感动的时候，她再一次将相册一页页地翻给我看。她在翻动相册的同时，嘴上也不停地做背景介绍。

　　这的确是一本挺有意味的相册。每张照片下面都写着年份、日子、拍摄人的姓名，对相片里面的人物、拍摄背景等事项都有一个简单的说明和介绍。

　　按理说，这是刑事技术方面的活儿，如果是因为工作需要，一些相片在案卷中需要作为证据附卷，会随同诉讼案卷材料一并移送人民检察院，留下来的一些照片是由侦查单位存档备用的。而这相册中的相片，完全是已经废弃的不需要的东西，内勤很有心地将这些应该扔进垃圾堆的相片整理出来，编辑成一本相册保存了起来。仔细想想，这真是一件非常不容易的事情。

相册的第一张照片，是我和几位同事在缉捕一名抢劫汽车、杀害无辜受害者的嫌疑人之后，刑事技术人员在现场拍照片的时候，无意之中将我和同事们的工作情况拍摄下来的。

相片里左起第三位，这位警察面带微笑，长相和姿势与其他人明显有些不同，身上有一种逼人的英气。他身材高大，五官出奇的端正，面目俊朗，穿着一套春秋警服，没有戴帽，理着板儿寸，气质偏于儒雅，应该是属于那种接受过良好教育的警察。最为不同的是情绪。他一脸的微笑，满怀喜悦，十分自然。这名警察名字叫方效，当时只有三十岁。

同方效站在一起的是一位三七分头的中年警察，坐在地上，显然他是被一种紧张的情绪拽住了，面相有些僵硬，表情带着一些疲惫。他身材微胖，接近四十岁的年龄。

这位中年民警也是温文尔雅的。单从外表上看，这个人文绉绉的，有些书卷气。但是，接触多了，我心里明白，这些特征可能遮掩了他铁血硬汉的一面。这是何凡伟，一名社区民警。

左起第五位是齐栓，一名副所长。你看他直视的目光，像要刺穿什么坚硬之物一样，炯炯有神，带着几分轻蔑、冷峻、不屑一顾和无所畏惧的从容。只有为信仰献身的人，抑或是那种将生死置之度外的人，才会有如此坦然地面对生与死搏斗现场的姿态。

其他站立的几位警察都没有什么特别的表情，很自然地站立着，也都是人高马大的，应该都是坚毅的，但脸上却带有几丝茫然和无奈的神情。相片上还有一个年轻的警察，正在以严肃的神情埋头做记录。这是刑警大队赶赴现场从事现场勘察的一位刑事技术员。

看了很久很久，这些照片让我一阵心痛，一股复杂的情感突然涌上了我的心头。我觉得，这些照片的背后，或许有更多值得记忆和留念的各种有关警察的故事。这一切，突然间唤醒了我对于往昔在基层从警的许多回忆。

接下来，我一页页地翻看相册。每翻动一张，就像翻看着一个警察的一生一世一样，往事如同电影的胶片在我眼前不断地有规律地闪烁。我好像置身于一种非现实的世界之中，没有时间的概念，陷入了一种茫然自失的状态。与此同时，我心里暗暗钦佩内勤，通过她有意识的细致的收集工作，为警队留下了这么个了不起的历史性纪念品和珍贵的证明材料，让每一名警察成了一种行为艺术的主体。那一瞬间，我从心底涌出一种冲动，就是想把这相册翻拍下来，珍藏也好，出版也好，或者展览也好，让更多的人好好观看这些警察一生中的某一个瞬间。

"如果方便的话，我拿回去翻拍一本，翻拍完了还给你，你看行不？"我对内勤说。

"我已经翻拍了，这一本就是送给你的。"内勤很得意地笑着对我说。

我看着那些照片，看着照片背面娟秀的钢笔字，似乎能感受到照片背后的友情以及内勤为了保存、翻拍这些照片所花费的心血。我仿佛又回到了那段惊心动魄的岁月，回到了从前。

毫无疑问，这些相片让我想起了很久很久以前的事情，让我切实地感受到了自己青春激荡的岁月。对于一个已经年近六旬的老警察而言，过去的、年轻时候的时光显得特别有魅力。那个时间段是永远不可复得的最为宝贵的时光，是任凭多少努力都无法挽回的日子。我心里很清楚，仅仅依靠回忆是无法完成一种意识的修复的，那一切是只存在于当时当地的时光，没有任何返回的可能性了。

我凝视着那张照片许久许久。回忆如同一座大山，压得我有些喘不过气来。我的回忆如同一张厚重的塑料薄膜，包裹着我的心脏和大脑，严丝合缝，让我难以走出我过去在基层派出所所有的工作历程，包括我的人生态度的改变、对人与对事进行审视的角度和我关于生与死的种种思考。一切都历历在目，恍如昨日，历久弥新。那些人和事，让我感动的同时，照片中的图像则固执地徘徊在我脑际的底板上，永远无法消退。

我想，这种固执的追忆，已经是我作为一名老警察特有的冥顽。那种特有的生活和工作模式，潜移默化地、扎扎实实地打造出来了警察群体特有的心理特征和形象，是雕像，是群塑，让人永远无法忘怀。那段日子熬过来以后，我如同走过一段荆棘丛生的路，虽然历尽艰辛，但却有了一种如释重负的轻松和无法忘却的怀念。总之，我至今仍然能在心里依照时间顺序回忆起沿途的景致，那些人，那些事，就像有目的、有意识地忆起生平第一次与初恋的情人约会所走过的路线一样，清晰，明亮，温暖，有动感，带着音乐的节奏，一切的一切，都在我的眼前闪亮登场。

我拿着相册，从派出所出来，整个深圳已经进入傍晚。

华灯初上的时候，我已经走到了派出所办公楼对面的那条主街上。被洒水车喷射清洗过的水泥路面一片光裸，像一个长有络腮胡子的男人刚刚刮过的下巴那样干净，而且泛着青灰色的光晕。

我在大街上行走的时候，一些人把目光投过来，有意或者无意地扫视着我的脸。在这里，每个人的目光都交织成了不规则的几何图案，似乎他们都非常在意我的一言一行。此时此刻，落日的余晖映照在我的脸上，映照在街道上的一切具体的物体上，给我的心境增添了更多的韵味和忧愁。

很久以来，我都有一种感觉：同样是那片天空、那个太阳，落日比朝阳更富爱心、更充满温情。我说不清楚我为什么有这种感觉。可能是老之将至，当然也可能是眼睁睁地看着时空又带走了一份岁月，英雄终将迟暮的惺惺惜惜惜。我想到死的同时就想到了爱，想到了生。这么说着的时候，我想起已到过的许多地方，见过的各种落日。就在我这样想的时候，落日一成不变地渐渐接近了地平线，被遥远处模糊的土地浸润似的吞食了。

辖区民警

我闭上眼，想起了相册上的人物。其实，突然间我像失忆了一般，完全不会记得那一张张脸的模样。隐隐约约，我还能记起派出所的值班室、备勤的宿舍、办公区，但是，派出所里的警察的脸却像云雾一般在我脑中消散，无论如何也想不起来。那一张张有着不同特点的脸，仍然构不成一幅清晰的画面，模模糊糊，用漫画也画不出来。

但是，迄今为止，我从未见过相貌如此亲切的一个特殊的警察群体。

相册的第一张照片应该拍摄于 2005 年。在很长的一段时间里，我的同事们的面影总是从我的脑海里挥之不去。无论怎么想那都一定不是什么梦境和幻觉。我再一次思忖，笃定那张照片的确拍摄于那个让人极度烦躁不安、惊心动魄的夜晚。

那一年，深圳秋日的天气很不稳定，一连下了好几场雨，且都是倾盆大雨。那一天，整个派出所的报警不多。处理好各种报警和求助以后，我就钻进了派出所办公楼顶部的天棚看雨。

就在我走上楼梯的时候，我看见当天参加待命的社区民警何凡伟，他也跟着我上了楼顶。他是被抽调过来一起参加当天晚上的一个紧急抓捕行动的。何凡伟告诉我，他很想在楼顶的天棚里抽上一支烟。

在我的印象中，何凡伟实际上是一个对烟深恶痛绝的人。他平时并不抽烟，可能是因为待命的时间较长，有些焦虑的缘故吧，他那天一反常态地想抽烟。平日里，他说话总是小心翼翼、字斟句酌，不问多余的问题，也不习惯于说一些废话。

我调侃他说："你平时不是不抽烟？而且你很讨厌抽烟，今天是怎么了？"

可话一出口，我又感到有些后悔。一个正处于临战前夕的警察，减缓一下心理压力和焦虑，抽一支烟又如何？

"说白啦，所长，你猜我平时为什么不抽烟？"何凡伟并没有停止抽烟，而是深深地吸了一口，在肺里转了一圈之后再吐出烟雾。

我摇摇脑袋，注视着他的脸，表示我不知道。

这个时候，何凡伟在自己的胸前喀哧喀哧搓着双手，简直就像马上要搬动什么重得不得了的东西一样。而后，他如释重负地终于讲了起来。

他说："说白啦，封山育林，我跟老婆打算要一个孩子，得戒烟戒酒，还不能熬夜。"

"说白啦"是何凡伟的口头禅。

"要孩子跟抽烟有关系吗？"我好奇地问。

"当然有。医生说，抽烟喝酒，影响下一代呢。我已经是快四十的人了，该是有个孩子的时候了。"

"喔，是这样啊！封山育林成功了？今天算是开戒啦？"

"还没有成功呢，当然啰，说白啦，今天怎么就是想着要抽一支，舒缓一下。"他回答说。

"啊，我也是很想抽烟，我也搞不清为什么。"

"说白啦，人都是这个样子的。"他说。

"可是，现在当警察总是很繁忙的嘛，没日没夜的。"

他抽了一口烟，等待烟雾在鼻孔里奔涌完毕以后，接着说："说白啦，经常值班、加班、加点，累得筋疲力尽。回到家四肢无力，只想躺着，头昏眼花，脑袋瓜儿里乱糟糟的，搞不清真正的自己为何物，分不出哪个是我本人哪个是我需要扮演的角色，辨不清自己同自己影子的界限。这种现象叫作自我的丧失吧！"

"任何人都多多少少有类似情况出现，不光你，我也是一样的。"我说。

"说白啦，那当然，我当然知道，过于繁忙紧张，舒一口气的时候很少。长期这样下去，说白啦，谁都有失去自己，茫然无措的时候，但在我身上这种倾向过于强烈和明显，控制不住，怎么说好呢，说白啦，这些情绪是致命的。向来如此，一直如此。说白啦，我很羡慕你来着。"

"我？"我吃了一惊，"你这样看我？不明白，我有什么可值得羡慕的？我有点摸不着头脑。"

“说白啦，你有家庭，有孩子，过得挺好的！”

“你就过得不好？”

“没有什么不好的，说白啦，有一个孩子，家庭就完整了。”

何凡伟畅所欲言之后，从衣袋里掏出纸巾，蒙在面部，出声地擤了把鼻涕，然后擦了擦鼻子，一副非常无聊的样子。一时间，我真摸不准何凡伟的话里有多少正正经经的成分。但是，我很清楚，他这种普通的民警，最希望获得的是一种最为普通的、安稳的生活，做一个不动声色的人，平凡而且实在。这种人表面平静如水，内心波澜壮阔。在现实的生活中，扑腾出自己想要的样子，那便是他们希望的最好的一种结果。

“不过，今晚的行动一定是一场恶仗。”我说道。

“说白啦，那是自然的。”

我和何凡伟在天棚下面并肩坐着，仰望开始泛白的天空，有一句没一句地聊着。

阵雨过后，天空有些明亮。我们不声不响地抽了几支烟。不知为何，我竟想起了今晚的行动会是一个什么结局的问题，对此我一无所知，心里空落落的。至于何凡伟在想什么，我自然也是无从知晓的。

“说白啦，所长，今天晚上的行动，你有没有把握？”他关切地问我。

我摇头道：“眼下没有十足的把握。有情报，有预案，有演练，剩下的也就是依靠随机应变的能力了，看运气吧。”

"倒也是，说白啦，什么事情都无法计划得严丝合缝的，只能临机处置。"

"市公安局的情报肯定是准确的。只是希望我们在抓捕行动中不出什么漏洞。"

何凡伟安慰我说："说白啦，所长，想开一点，走一步看一步吧！"

"总会有一些意想不到的事情发生的。"我心里是这样想的，但是，我终究没有说出口。我担心的是如果我都没有自信，一定会影响参加行动的所有警察的士气。其实，干警察这一行，是没有试错的机会的，唯有"用我必胜"的决心，在拥有一颗平静的内心的同时，还要拥有温热的胸膛和虎豹的胆识。

我的经验和教训都是在平时的工作中积累起来的。不论碰见何种境遇、险境和恶劣的环境，我都告诫自己必须是临危不惧的，见招拆招，事急人不急。在执行任务时，遇见的都是不可预测的结果，更多的是花样翻新的犯罪手段，而这些都会以不同寻常的方式突然冒出来，并且以更加恶劣的方式表达给你看。当你面临这些的时候，只能接住，无法像击鼓传花一样丢给下家。因此，我们这类人通常在超出寻常压力的环境中生存，感知也演化得比常人更加敏感，更加渴望处于安全的状态。

何凡伟本来是个训练有素、心理素质特别过硬的警察。这个人虽然只是一个辖区民警，却是一个难得的多面手，警务技能全面，很能干，是我们派出所最为出色的警务人员之一。我特意把他抽调过来参加当天晚上的行动，也是因为他展现出的在犯罪动机推理和对犯罪嫌疑人体貌特征嗅觉方面具有的罕见天分。

通常，辖区民警是"邻里守望"的责任主体。

他们长期在社区工作，与老百姓近距离接触，是公安机关的末梢神经系统的感知前沿，是穿着制服为老百姓解决问题的人。

如今，在街面上或者乡村田野中所看见的身着制服的警察都是正在工作中的警察。那种在生活中任何时间段都穿着制服的警察已经很少见到了。这是一种社会的进步。对一个人一种身份的识别，已然不需要通过制服去区分和辨别了。那种在非公务活动中穿着制服趾高气扬的警察已经基本绝迹，除因公务以外，警察均以普通人的姿态出现在公众的视野之中。身份意味着权力的同时，更多是意味着对等的责任和义务，一旦不对等，灾祸随之而来。

许多警察逐渐明白了这个道理。身为警察，一举一动，一言一行，围观的人们都会看在眼里的，别人不提起，不说出来，并不代表老百姓不在意。其实，他们非常在意警察的外在形象，更是在不经意间时时刻刻关注着警务人员的言行，并以此作为对警察人品和职业操守评价的依据。你的种种所作所为、所积累的好口碑和坏印象，都会在某一个关口，显示出其不可思议的力量来。在非公务活动中，我们一般都穿便衣。我也是在吃过很多苦头以后才真正意识到这个现实问题的。

而何凡伟不同，他是辖区民警。辖区民警与其他民警的不同之处在于，他们往往是穿着制服生活在老百姓身边的。更多的情况下，何凡伟就像一个时髦的傻瓜，整天在大街小巷忙忙碌碌的，始终不明白什么是温情脉脉，给人以生硬的感觉。其实啊，在他的身上，普通人的需求一样都不少。

我抽了一口烟，转头看着何凡伟。那是他的一个侧影，依然是三七分头。他显得有些烦躁不安。在这样一个下雨天潮湿的天气里，我再一次仔细注视他，如果穿着便衣的话，无论在中国的什么地方，这个人的形象都可以立即消失在街头的人群当中，和成千上万的相似的面孔混杂在一起。

刨根问底

何凡伟不是剑眉星目、英俊潇洒的男人，确切地说是一个五官平常，微胖，身材中等，拥有国字形脸庞的普通警察，是一个平凡得很容易被人忽略的人。平凡的面貌和普通的身影，让他在老百姓中间有着更好的人缘。只不过，因为当警察的时间长，又喜欢读一点书，人有一点儿气势罢了。

另外他干净，又是一身制服，佩戴的是三级警督警衔。如果不穿制服，这种人在人群中是非常普通的，普通得不能再普通，很难被人注意。仔细辨认，可以看出他眼角标志着阅历的鱼尾纹在浅浅地延伸，够沧桑的了，挂在嘴角的笑容，显得有些腼腆、温厚而且天真。我对这个意外的感觉从心里叫好。我想，挑选这类的警察参加重大行动，我是选对人了。我喜欢这类外表平凡，做的事却是惊天地泣鬼神的人。

我主动说："希望你老婆能生一个大胖小子，小何。"

他笑了笑，说："说白啦，所长，你不要再称呼我为小何了，我已经是快四十的人了，就叫我老何，或者直接叫何凡伟。说白啦，生男生女都一样，有一个后代，人就活得有点意思，有点精气神，有点理由和盼头。"

我鼓励他说："我认识你的时候，你还是一个小伙子呢，没想到一晃多年就过去了，小何变成了老何。反正，我以后就叫你何凡伟好吧！你好好努力吧，如果能够生一对龙凤胎就更好了！"

"你说的话，我或许能够理解。说白啦，绝大部分人都希望自己有后代，警察也不例外，这不是什么落后的思想。这是人的本能，抛弃类似自我的东西和盼头，人就失去了活下去的勇气。说白啦，在人生某一个时期，总得有一个自己追求的东西，这样也是有意义的。是这样的吧，所长？"

当然是的。然而，就我而言，大概仅仅意味着在寻找出工作意义上存在的东西旷日持久了，一门心思想着侦查呀，破案呀，不关心同事的家庭生活，而且，可能把自己或者同伴也拉进了那条徒劳的弯路。

"上了年纪可怕吗？"我自己问自己，也问何凡伟。

"说白啦，所长，你害怕上年纪吗？说白啦，我还没有那样的切身感受。三十多接近四十的男人这么说也许听起来有些发傻，但我总觉得人生好像刚刚才开始，有一堆的事情等着我去做。"何凡伟微微一笑，接着说："我绝不是发傻，说白啦，有可能如你所说，所长，你自己的人生也才刚刚开始呢。"

　　在基层干警察之后，我开始了解到我们的这个世界。这个世界不是一个善恶泾渭分明的二元世界。我不再简单地判断一个人的黑与白或者事情是对还是错，非此即彼变成了或此或彼。

　　在我阅读一些犯罪心理学方面的书籍，尤其是在阅读侦查学原理之后，我逐渐明白，在从事警察工作之前我眼中的世界是那样单纯且天真，是那么不深刻和肤浅。更重要的是这些横蛮、简单、粗暴的世界观和逻辑思维之中隐藏着疯狂的我个人盲目的热情，也隐藏着许多的不幸与灾祸。

　　无论是什么人，烦恼总是如影随形，如同何凡伟一样。人的心是烦恼的根源，亦是快乐的根源，我们虽然经常跟社会的阴暗面打交道，但是，我们的脸总是向着阳光的。我们都是平凡的人，我们同样拥有明亮的一面，也有无法向别人展示的一面，或者说，能够展示给别人看的内心的东西并不多。

　　我想，只要心明净了，就会有一份属于我们自己的快乐。

　　雨停了，我觑一眼手表，差不多是接收市公安局的情报信息的时候了。

　　在楼顶的天棚跟何凡伟分手以后，我回到办公室，用专用对讲机询问了一下值班室的值班员，看看指挥部的调度情况。值班员回答说所有参加行动的民警继续原地待命，原计划不变。

我转身到备勤室，顺手收拾一下铺盖，接着又把备勤室的窗扇大敞四开，置换了房间里沉甸甸滞留的潮湿的空气。随后，我抬头看看窗户外面，天空仍然是淡淡的灰色，半明半暗的云头在西边翻滚。无风。

在这枯燥的待命时间里，我只好一个人待在备勤室去写我喜欢写的一些豆腐块文章。

我的同事方效一进备勤室，眼睛就盯住书桌上我的那个旧笔记本。那天，我为了换一下心情，正在备勤室的书桌上写一篇自认为很有新意的文章。具体写了什么，如今我已经忘记了。但是，一定是乱七八糟的情啊爱的，不是什么上档次的货色。

方效在一旁一边整理着自己身上的枪套和弹夹，一边看着我，有点凝视我的意味。

他是从上往下看我的。

他斜着眼睛往书桌上打量，目光一闪一闪的。我感觉到自己的身体被他的眼光刮得有些生痛。那个时候，我并不知道他是否是对我的业余写作感兴趣，搞不清他把锐利的视线投射在书桌上到底兴趣何在。而我的书桌上乱七八糟地扔着许多废弃了的稿纸。

"所长，你前些时在报纸上发表的文章蛮不错的嘛，将来你一定会成为一个公安作家的。"整理完枪套，检查了弹夹里的子弹，方效开口道。

"这个吗？"我愕然拿起桌上的稿纸和一份报纸。那是我前一段时间用了两个通宵写的通讯，普普通通的一篇新闻稿件，与同类型的新闻稿件相比毫无特色可言。由于我个人的文化修养尚未达到一定的程度，写的东西又臭又长。但是，可能是因为我所写的内容是关于刑警侦破一起三命案的通讯，由于内容稀缺，所以被报社采用了。

我一直是一个把警察作为专门职业的人，并且以此赚取工资养家糊口。这些工资收入是我和我的家庭生活费用的主要来源。而我的稿费又是我和家人生活中的一种经济上的必要补充。

作为这个社会无数职业中的一种，警察也是需要赚钱来养活自己和家人的，或许，这是理所当然的、合情合理的谋生手段之一。可是，一旦就此刨根问底，问我为什么一定要当一名职业警察，干一件得不偿失的事情，我的脑袋立即会变得混乱不堪，懵懵懂懂，乱得如同一个尚未成年的孩子在立体式的迷宫中转悠，找不着方向，也无法理由充分地去回答问题。因为，我时常向自己提出同样的问题：为什么我要去当职业警察呢？从心灵鸡汤的角度来讲，我应该先去做我应该做的事，再去做我喜欢的事。但是，我必须明白一个最为简单的道理：做我应该做的事让我有饭吃，做我喜欢的事让我有个念想。

我觉得，在和平年代，较之成为作家，或者从事别的什么职业，一个人干警察这一行所要解决的社会难题会更多，面临的身体和心理的挑战会更加严峻、残酷。如果警察能够将我们这个社会的所有的治安难题都解决了，那么，我们这个社会一定会变得无比安宁。如此推想下去，职业警察就会有失业的危险。假如真的有了这样一种社会局面，有了社会治安彻底好转的结果，我相信我们社会中的绝大部分人一定会欢呼雀跃。就算警察因为这样的局面而全部失业了，没有了饭碗，我依然是乐见其成的。

不过，说到底，恐怕还是因为我既是一个业余的写作者，又是一个警察，这样的双重身份让我产生出这样的想法，产生出这样一种不太切合实际的隐隐约约的盼望。如果有机会让我在温饱问题解决以后，自由地、不受任何牵绊地做出选择的话，没准会觉得干写作这一行要有趣得多。但是，事实上我依然会义无反顾地选择将警察作为我的终生职业。人的一辈子选择职业很重要，最好能够在选择做自己必须做的事情的同时，又做自己感兴趣的事情。

在那个年月，我工作的这个派出所在城乡接合部。辖区的治安状况不好，路边抢劫的案件时有发生，单身女子外出的话，很可能成为作案的目标。治安环境复杂，恶性案件频发，警力必须跟着案情走。而每一次的行动和追捕，都无法预期其结果。我们这些当警察的就一直和这种充满偶然性的生活纠缠在一起。

那天夜晚，由于一直处在等待抓捕犯罪嫌疑人的前夕，因此枯燥的待命时间十分难熬。我跟方效就天南海北地闲聊起来。

我说自己是一个业余的写作者，平时非常关注警察日常工作中的一些案例，将其公之于世，也是一个普及法律常识的过程。方效便向我讲起自己极有情感色彩的身世：传奇而又艰苦的少年求学岁月、复杂的家庭和亲戚关系、生活中的种种不如意、性压抑方面的苦恼，等等。

"等会儿执行的任务，难度较高，很危险，我们没有试错的机会。"我提醒他，其实也是在提醒我自己。

"从内心来说，第一次执行这种高强度任务的时候我还是很害怕的。"方效一边用一块专用的布片擦着手中的手枪，一边对我说道，"毕竟生来一直是生活在和平的环境中，现在虽然已经习惯了这种经年累月紧张得透不过气来的生活，但是，我还是没法去设想枪战发生的时候会出现什么样的意外，只能听从命令，凭着感觉去干活。"

"看来，平时的训练很重要，"我说，"当然还包括心理素质的强化训练。"

他一边擦拭手枪一边说："训练，就是为了避免出错。在真正的实战中，我们是输不起的。所长，我还是建议带一支微型冲锋枪，这一次抓捕的嫌疑人可是一个亡命之徒。"

我同意了他的建议，让他去枪库办理手续领取一支微型冲锋枪。

就这么着，方效从那天下午开始成了我这一生中再也分不开的好朋友了。不久以前，我们一起通过了在警校常规性的、艰苦的中期训练，并且，他还跟随我一起参加了几次缉枪行动，人变得越来越成熟，逐渐成为派出所不可多得的业务骨干。

在抓捕的过程中，最要命的是守候和等待。对于参战的每一个警察而言，那个时间段是相当难熬的。如果线索断了，犯罪嫌疑人没有浮出水面，就得无穷无尽地继续等下去。只要一想到这样下去也不一定有线索，我的身体好像被撕裂成了两半，有了一种撕心裂肺的感觉。坐在派出所备勤室的椅子上，我脑海里蓦然冒出这样的念头，继而又想到可能有一批人，一批刚刚犯过罪正在逃窜的人，已经在我们这座城市的某一个地方等待着我们了。

我默然无声地倾听方效有一句没一句的叙述。虽然他的语言选择并无新意，但也听不出陈腐的味道来。反过来倒也听得出是发自他的肺腑。叙述完了，他缓慢地做了一个深呼吸。

一身冷汗

当天晚上，市公安局终于下达了迅速缉捕的命令。

我和副所长齐栓及警员方效、何凡伟一起出发，坐着一辆吉普车，一路狂奔。到达目的地的时候，恰好是黄昏。

我们在抓捕嫌疑人的过程中遇到了一场小规模的战斗，是荷枪实弹的真实的战斗。幸好在出发之前，我接受了方效的建议，我们携带了一支压满子弹的微型冲锋枪。

在一条快速干道的路基边，我们跟刑警大队的人一起包围了那个抢劫杀人犯罪嫌疑人。那个嫌疑人是在广州杀了人并且抢劫汽车以后潜逃的。直到头天夜里，市公安局才得到确切的消息，这个犯罪嫌疑人已经在我们辖区一个城中村的一间居民楼里藏匿了一个月之久。

正值黄昏，嫌疑人从出租车上下来的时候，恰好我们的吉普车也同时到达嫌疑人下车的位置。我们的车正好顶住了出租车的车头。这个嫌疑人可能意识到了危险，也有可能其本身血案累累，时刻处于一种高度警惕的状态。见我们的车头拦住了他的去路，嫌疑人下意识地将右手伸向裤袋。这个细微的动作没有引起我足够的重视，却被方效和何凡伟捕捉到了。走在最前面的我，根本没有意识到危险就在眼前，只是一个劲地冲上去，打算在亮明我的警察身份之后，命令他跟我上车去公安局接受调查。

说时迟那时快，方效提着微型冲锋枪朝着天上打了一梭子弹。枪声响起，嫌疑人惊魂未定，猛然怔住了。就在他还没有反应过来的时候，方效就冲上去，紧紧地抓住嫌疑人已然伸进裤袋的右手，在确认抓牢以后，他喊了一声："何凡伟，上！"

副所长齐栓和何凡伟冲了上去。后者伸手从嫌疑人的裤袋里往外掏。嫌疑人拼死抵抗，右手抓着自己裤袋的边缘，支挺身体，强力反抗。就在他们相互抓扯的过程中，我听见一件金属重物掉在地上发出的撞击声：一把左轮手枪赫然掉在水泥地面上。

我跟上去，死死地按住嫌疑人的脑袋。他的力气意外地大，甚至要咬我的手。无奈之下，我把他的脑袋狠狠磕在马路的一角，并利用反作用力又猛磕一次。这一次磕得有点重，他明显地放弃了挣扎，力气急速地从他身体消退了。就这么着，我们几个人总算把他给擒住了。

给犯罪嫌疑人上好手铐以后，方效捡起掉在地上的手枪，瞧了瞧，说："乖乖啊，太危险了，这是俄罗斯制式左轮手枪，掏出来就可以开火。"

我出了一身冷汗，说："你检查一下转轮里有子弹没有？"

他拨开手枪的转轮，里面的子弹装填得满满的。我心里明白，如果不是他及时朝天打了一梭子弹，震慑住了现场，在一两秒钟的时间里，嫌疑人就有机会朝着我的胸部开枪，那结果就惨了。

方效没有应声，只是闷声卸下子弹。

何凡伟不大满足似的摇了摇头。他说："我说啊，所长，说白了，我们交好运了，控制得恰到好处。"

我朝着方效看了看，见他一脸严肃。我觉得今天的成功抓捕，应该归功于方效。平日里，每逢开枪击毙暴力犯罪嫌疑人的时候，方效总是拿捏得很好，往往一枪毙命，枪法准而且快。而这天是在一个人员密集的场所，周围的老百姓和围观的群众过多，他无法防止跳弹误伤周边的人。为了救我，同时又不能让无辜群众遭受危险，他只好选择朝天开枪。

我暗暗想，假如没有我身边的这三个人，副所长齐栓，一个名叫方效的警察，另一个叫何凡伟的社区民警，我难免会迎面挨上一枪，或者身体负伤，或者就已经在九泉之下了。

这个时候，快速干道上的车被迫停了下来，有些人坐在车里紧盯着我们看热闹。我感觉到人们对眼前的光景似乎困惑不已，观望的眼神格外地新奇。他们也许根本不知该采取何种态度来看待眼前所发生的一切。他们眼中浮现出的色彩，与其说是好奇，不如说是更加地疑惑。

而我却在此时此刻有了一种不幸中万幸的感觉。这场小小的遭遇战，给了我极大的安慰。尽管又撩拨起了那已经使我心力交瘁的一腔激情，但是，由于是跟齐栓、方效、何凡伟一起并肩战斗的，我得到了三个过命的朋友。作为一名警察，特别是作为基层警察的头儿，这样的幸运可不是随便碰得上的。

"好险啊，不然的话，我差一点儿就没命了！"我对方效说。

其实，我一向对自己的指挥调度能力充满了自信。不过，我的这种感觉最终在这个多事的夜晚彻底地烟消云散了。作为公安机关最基层的指挥员，我从来没有认真地审视过我自己，因为我害怕面对一个极度自负的自己。

在回派出所的车上，副所长齐栓对我说："我们在下一次的抓捕行动中，应该吸取教训。首先，方案要求完备，计划要周密。我们需要沉得住气。突然发生的事情不管大小，当我们真的遇到了，不可避免地需要及时调整我们的方案，我们更不能害怕，不能在还没开始应对的时候，就给自己做出会失败的心理暗示。所以，我们要控制住自己的情绪，防止轻敌。我们必须适当地增加一些体能训练，因为身体上的一些超负荷训练也会有利于我们形成坚韧的内心。"

大约半个小时以后，我们押着犯罪嫌疑人回到派出所。大家明显地感觉非常劳累。我们之中的人，虽然大体还算是健康，但与年轻的时候相比，体力下降过快。剧烈的体力消耗是身体难以忍受的。

我接过齐栓的话头继续说："我很后悔迎面碰见犯罪嫌疑人的时候大意了，过于自信，轻敌了，没有立即采取措施。我不知道别人是否理解我的感受。"

齐栓回答说："其实，遇到了障碍，碰见紧急情况，我们谁都没有选择后退的余地，会想尽一切办法应对紧急情况。遇到了挫折，无法轻言放弃，绝对不能倒下，我们没有失败的资格。克服了困难，就有了更多的自信，便拥有了战胜一切的力量。解决了问题，在挫折与成功经验中寻找正确的工作方法和路径，便拥有了智慧。走出了黑暗，便拥有了希望。对我们这个群体而言，这些仅仅是特有的人生的必经之路。"

我的工作失误，他似乎没有提到，但是，我心里明白，我是侥幸逃过一劫，面对对方既邪恶又强悍的时候，必须慎之又慎。相比之下，我指挥的这次抓捕的整个计划则有点邋邋遢遢，我由此生出的满满的都是沉重感。

分局长打来电话，是在整个行动差不多迎来尾声的时候。

很显然，他已经知道了现场的抓捕过程，也意识到了我在现场曾经面临的危险。他只是在电话里说："民警的自身安全是最为重要的，任何抓捕行动都不能出现疏忽，平时要加强培训。"

我检讨说："大意了，忽视了抓捕工作的许多细节。"

他说："都有过热血沸腾、立誓发狠的时候，都有过奋进狂飙、强力输出的经历。仅仅有不怕死的精神是不够的，一股脑儿凭着一腔热血往前冲，是一种比较原始的愚蠢的执法方式。我们得改一改这些毛病了！"

我有些自责，在电话里说："我没有预计到的是，暴力犯罪的残忍程度，总以为我的力量来源于正义，应该具有压倒性的心理优势，忽略了对手拼死一搏、鱼死网破的可能性！"

分局长说："平时就要加强培训。看一个基层指挥员是否称职，关键是看能不能在棘手之处，沉得住气，缜密思考，耐得住烦。这种个人素质必须是潜意识中的自发行为，是肌肉记忆的习惯动作。只有这些点点滴滴、无人关注的常态化的训练过程，才是真努力，才能保证战时少流血。我们当警察的同样应该珍惜自己的生命和人生。只有这样才能保证社会的安宁。人都没有了，何以谈得上保护老百姓人身财产安全？当然了，这只是我一厢情愿的想法，在警队里，我或者我们都是很渺小的，对于我们需要保护的人而言则是责任重于泰山！"

接下来，我还是向分局长汇报了自己的思想状况。说是汇报，其实可说的事也没有多少，主要是我一直在不停地检讨，也是找一个理由安慰一下自己而已。

挂了电话，我想，分局长的话是完全正确的。其实，我们自己的生命不仅仅属于我们自己，还有许多人，或物质或精神地依靠着我们。我们倒下去了，自己闭上眼睛就过去了，而我们身后的人，包括父母妻儿怎么办？他们得活下去，他们还指望着我们呢。再说，面对暴力犯罪的时候，我们即便是扮演成路人甲或者路人乙，也绝对不是一个旁观者和配角。在这样的戏剧中，任何时候警察都是主角。

虽然在警察这个群体当中，由于分工的不同，不是每一个人都必须在战场上厮杀。但是，单是在与犯罪分子的周旋中奔波驱驰，那份压力就是让人难以承受的。

整个行动结束的时候，已经是凌晨。

酷暑依然未曾消退，但相较于傍晚，城市的空气已凉了下来。那让人烦躁的虫儿的叫声也没有了，转而展开的是知了的盛大合唱。推移的季节在环绕我们的大自然当中不由分说地带走了它应该带走的那一部分。

凝固不动

关于那张相片所表述的那个时期，那活生生的战斗，我是以怎样的心情去应对和体会的，时至今日我已记不确切了，只记得当时我对于自己的工作非常投入，如醉如痴。

如今，现在，太阳依然升起，照得平安大厦闪闪耀眼。眼前这光景是那本相册的底色和背景。这些再一次让我想起以前在派出所工作的岁月。那段日子好像也有晨光中的平安大厦。

深圳的早晨是从这里开始的。我不知道我这样说对不对。其实对不对都无所谓了，反正平安大厦沐浴着朝晖，人们企盼平安，希望有一个安稳的生活。

如今，那一个个的故事在等待我去回忆、咀嚼和梳理，我所要做的不外乎把这一切顺利地书写出来。

既然记忆的轮廓已经转动，那么我只要乘坐上去即可。因此，我再一次看看我手中的相册，极端地说，纵使我睁眼再看这一张张的照片，也丝毫不感觉到陌生，反而感觉有一股快快不乐、焦虑难安和格外沉重的情绪突然袭击了我，我不自觉地想把目光从相册上移开。

我想，如果我们干警察这一行的人没有了保护好自己的意识，没有了必胜的信心，没有了对于自己的事业的展望，那么，我们必将成为这个世界的牺牲品，或者成为遭人唾弃的人。

当我们这些做警察的人有了对生命的渴望，有了想要追求的东西，那将是开启我们新的人生的钥匙。希望破获大案要案，希望立功受奖，希望受到社会大众的认可和尊重，甚至盼望涨工资，盼望妻儿过得好一点，等等，这些都可以成为警察不惧困难的原始动力。当然，等到完成目标任务的时候，每一个警察都会发现，在我们的人生中，也是渴望在生活环境方面上一个崭新的台阶的，这一切都跟普通人没有什么两样。

我想啊，漫漫的生活之路，那些或晴朗或阴沉的白昼和夜晚过去之后，在基层从警的岁月究竟留下了什么呢？我感到自己的记忆只能点点滴滴地出现，而且，稍微不注意，便转瞬即逝了。

回首往事，有时就像是翻阅一本陈旧的日历，越是翻动越是迷茫。昔日曾经出现过的欢乐和痛苦的时光成为同样的颜色，在相片的纸上，所有的人和物体都是一样的暗淡，凝固不动，使人难以区分真实和虚幻。

这似乎就是人生之路，经历总是比回忆更加鲜明，更加有力量。我想，无论岁月怎么流逝，在以后的生命中，今天的我，依旧是那个最年轻的我。

我的回忆在岁月消逝后出现，如同一根稻草漂浮到溺水者的眼前，我下意识的自我拯救仅仅只是一种象征，是一种奢望，是一种求生愿望的心理需求。

同样的道理，回忆无法原汁原味地还原我过去在基层的工作和生活，它只是偶然提醒我：过去曾经拥有过什么样的经历，而且，我感觉到这样的提醒时常以篡改为荣，以我的偏执主观认识为导向。不过，我也需要偷梁换柱，通过回忆来满足自己内心的虚荣，使我过去的人生变得丰富而且饱满。

有个心理实验表明，假如给你看一堆照片，照片上一堆人中如果有你自己，那么毫无疑问，你最先寻找和最先看见的一定会是自己，并且很快在相片中确认自己的位置和表情。这叫自我意识，是一种潜在的、不自觉的意识行为，或者说就是一种自恋。我想啊，人最在乎的，其实还是自己。

我再一次看看手中的相册。相册中的人和物，一直感染着我的灵魂，填满了我虚无的心理世界，即使那些人物有不同的脸型，具有不同的表情，但却更让人有了一种莫名的抗拒与恐慌，有了一种欲避还休的、充满遐想的愿望。

同样是 2005 年，在冬天的某一个周末，深圳的天气异常闷热，已经一个月没有下雨了。那个下午，我去接在补习班上课的儿子。路上遇上了堵车，一群人开始逐渐集中在一座多层大厦的外围。随着时间的推移，人越聚越多。

我抬头望去，那一栋大楼陷在围观人群和水雾之中。那天，正好是一场大雨来临的前夕。空气沉闷、湿热，黑白相间的云朵直冲云霄。楼顶上一个穿着白色衬衣的男人，伫立在大厦临街的一边，身形随风摇晃。

水云间大厦有人要跳楼自杀。这座大厦不属于我工作的派出所的辖区，这样的事跟我没有任何关系，跳楼自杀的人也跟我无半丝瓜葛，但我经过那里，作为一名老警察，又是一名派出所所长，我不能不管。

我前面是一个骑摩托车戴着头盔的人，他正停车观望看热闹。我先用手拍了拍摩托车的后座，说："请让开一下，让消防部门的救援车进来。"

那人看了我一眼，说："想死的人，救援啥？让他跳下去得了！"

我说："我是警察，你让一让！"

见我的个头儿既矮且瘦，完全没有警察的形象和气质，他问："你真的是警察吗？我看，怎么就不像呢？"

可能他打心眼里认为警察就不应该是我这个模样的。我的模样让人看了有点寒心和失望，也让我觉得有点对不起人民群众的培养。为了打消他的疑虑，我把警察证在他眼前晃动了两下，说："不相信是吧？！"

他仍然用狐疑的眼光看着我。这个时候，我说："我是一名警察，跳楼自杀的人，无论出于什么动机和目的，只要此时此刻有生命危险，我这个当警察的就有责任救援，还是请你让开一下！"

那人白了我一眼，转身开着摩托车走了。

天色逐渐暗淡下来，我在人和车的缝隙里穿行，不断地用双手分开人群，然后高声呼叫，请他们让开消防通道，不要妨碍救援车辆进出。已经耽搁二十分钟，不能让消防员等久了。人们逐渐让开一条道，消防车在我的引导下，已经开进现场。一队消防员迅速下车，拉上了气垫。

我佝着腰，脸却仰着，穿过围观的人群，慢慢朝着楼顶爬去。一共七层，加上天台，应该是八层了。没有电梯，只能步行。我气喘吁吁地上了楼顶，虽然视线已然模糊，我的目光仍然在努力地寻找着目标，仿佛我有什么东西藏在那栋将要面临风雨侵袭的大厦里。

这个时候，我心里明白，自杀者的特点就在于，无论是否有道理，他都会认为自己是大自然中一个特别危险、特别不靠谱、特别不受人待见且受到了侵害的嫩芽。这种人，这种类型的人一直认为自己受到了无辜的欺侮，自己的内心一直裸露着，在强烈的接近稍微偏西太阳的亮光下暴露着，毫无保护。这个人好像站在窄而又窄的崖尖上，他的脚后跟站在水泥台上，脚掌悬空。就算只是被轻轻一推，或者略一昏眩，就会掉在大街的水泥地面上。

看身影，这是一个瘦弱但是高大的小伙子，身高大约在一米八五左右。他身穿白色底子、颜色暗淡、较为贴身的衣服，式样如同工装的粗陋水洗服装。布料同高档服装截然不同，看上去粗粗拉拉的，到处都是磨破的痕迹。他依然站立在没有栏杆的阳台边上，目光飘来飘去，就像断了线的风筝一样。我悄悄绕到他的背后，趁其不备，迅速伸出双手抓住他衣服的后领口。

就在我抓住后衣领的瞬间，本来处于僵挺状态的自杀者猛然回过神来，身体慌忙一甩，想要跳下去。但我紧抓他的衣领不放。无论如何不能让他跳下去。我拼出浑身力气，把他的身体从高台拉到我脚下的水泥楼板上。

那个企图自杀的青年人被我一把救下来。我把他脸朝下按倒，拉过旁边挂晒衣服用的绳子将他的双手牢牢绑在背后。几个出警的民警随后也赶了上来，一齐将自杀者扣住，随后将他疲软的身体拖到天台安全的地方。

这个时候，我才抬头认真地打量他。我发现企图自杀的那个年轻人有着漂亮的头发。我想，同身高相反，他的体重倒没多重。否则，我真的拖不动。

"我赌钱输了，一无所有，实在熬不下去了！"他此刻正倒在地上，朝着我一边喘着粗气，一边张嘴说道。

熬不下去的时候想起了谁

我顺手把自杀者拉起来，心想：我也快要熬不下去了。

见他的一条腿还挂在大楼顶部的一个水泥柱上，胸口的衣服敞开着，嘴空洞地张着，急促的呼吸仍在继续。我终于忍住了自己想对他说的话。

这个时候，我明显地感觉到，在我观察他的同时他也在打量着我。他的眼神显得寒碜和可怜。我眯缝起眼睛看着他的脸。他的脸色显得十分疲劳，呼吸急促，肩头不规则地上下抖动，活像被刚刚救上岸的即将溺死之人。我全然揣度不出他想表达的是什么意思。

"总想赚一点快钱，结果输得更惨。"他说。

"哪有那么多的快钱赚？"我说。

"你救我干吗？死了就干净了，"他接着说，"其实，我当时只有跳和不跳的选择，你让我的选择单一化了，当然，也顾全了我的生命！"

听见他这样说，我还是有些莫名其妙，脑袋一团乱麻。

"你的确是警察？"他问。

"对的！我是一个路过的警察！"

我似乎感到有一种错误的外部力量破坏了事物的固有流程，而我又判断不出这种错误力量来自何处和如何而来。我几乎下意识地笑了笑，说："正因为我是警察，救你是我的职责所在。"

我伸出手继续拉他。他神色疲倦地从地上站起来对着我说："我欠了一屁股的赌债，你救了我，可是，只要活着，我还得还债呢！"

"以后不要赌了。"我一边用胳膊肘撑起自己的身体，一边站起来说。

"赌债难还啊！赌债，没法还！"年轻人脸色惨白起来。

"没有人因为赌博发财的。"我说。

"我选择自杀是为什么呢？因为这个世界已经没有我活下去的意义，再说啊，我也没有任何值得留恋的东西。你却不同，你是警察，你显然还有生命的暖流，而且，还爱着这个世界。"

他跟我说话时有些结结巴巴的，还故作轻松地将脑袋摇摆了几下，唉声叹气，并且开始咳嗽，不是那种因为感冒引起的咳嗽，是清理嗓子放大音量的咳嗽。

我想，他还准备说什么呢？也许，事后想想，他的行为使他自己也是目瞪口呆。他似乎已经忘记了自己刚才所有的行为，惊奇地咧嘴看着我，发出了尴尬的笑声。

他又一次开口说话了，他说："我也是一时糊涂。"

"以后别再糊涂了！"

那个青年人做了微微耸肩的动作。想必，事情的发展和结果，就连他自己也没有预料到。

他重复说："我实在熬不下去了。"

我看着他，等着他往下说。但他终于没有再说话。

见他无大的损伤，只是背部擦破了一点皮肤，我随即将他交给当地辖区的派出所处理。

就在这个时候，我放松了绷紧的身体，一阵轻松。

傍晚来临，落日的光芒通红一片，深圳的冬天出现了一丝的暖意。我觉得我的人生第一次变得纯粹起来，我的生活和生命被抽象成几万万分之一了。

从事警察这个职业，难免遇到难以预料的紧急事情，或许会毫无征兆的，突然经受一系列无情的暴击。就像有句话说的：你永远不知道，明天和意外哪个先来，样样都跟你脱不了干系。在紧急状况面前，我们能做的，不是慌慌张张，束手无策，无所适从，而是坦然地面对和接受。

毫无疑问，在一名警察面前，任何紧急的事都是可以承受的，而且经历过这些以后，人就变得具有深厚的气息，被世俗的生活催熟了。所以，干警察这一行的人通常认为，生活是光明与黑暗之间的一片混沌：在生活中，任何事物的价值都无法完全实现，任何事物的终结都是了犹未了。我们这类人只能尽力让明天比今天更加地美好，坦然地接受这个世界的不完美。越是身处紧急状态之中，越是需要冷静下来，保持一份独立思考的心境和能力，冷静分析自己所面临的现实状况。做最坏的打算，尽最大的努力，做最好的行动。

那天，在水云间大厦救出那个企图跳楼的自杀者以后，我就直接去了儿子就读的学校。通常，儿子会蹲在墙角，靠在学校大门的一侧。他的目光往往会越过院墙，望着一条微微弯曲的小路，路的尽头有一片晚霞在慢慢浮动。

我到达学校门前时，一个影子正朝着我跑过来，不错，那是我的儿子。这一次，儿子似乎显得十分高兴。我走上前就去扯了扯儿子的衣服。我想啊，在我没有孩子的时候，我的愿望就是有个孩子就好了，至少我的基因会传下去。就是死吧，也没什么遗憾的了。平日里，我对家庭照顾不足，我很少有能够自由支配的时间，很难为家庭担负起相应的责任。在妻子和儿子面前我不是一个合格的丈夫和父亲，但是，这并不排除我有一个想做好丈夫、好父亲的良好愿望。

平时，儿子放学都是由他妈妈接送，忽然见了我，一身脏衣服，一身的汗水。他有些吃惊地打量我，他说："老爸，你好像是从烟囱里冒出来的！"

我把手搂在儿子的肩上，他也把头靠在我的胸口，我感觉到了一股沁人心脾的亲切感扑鼻而来。两人这样走了五分钟，我的手一直没有离开儿子的肩，他有些顽皮地靠着我的身体。

我说："老爸今天的确是从八层楼上爬下来的。比爬烟囱还要辛苦。不过老爸今天很开心，你可以提一个要求，我尽量满足你。"

"可以喝一瓶可乐吗？"他眼巴巴地看着我说。

通常，我和妻子是限制儿子喝碳酸饮料的。因为他长得太胖，我们担心他被这些饮料继续吹胀了。然而，那天，我救了一个人，实在掩饰不住内心的高兴，有点被喜悦的情绪冲昏了头脑，我放弃了原则。

我说："你当然可以喝一瓶，但是，我也得来一瓶可乐。"

"老爸，我看您今天特别高兴，这是为什么？"

我把我刚才在楼顶上救人的事情给儿子简单地叙述了一遍。不用说，我和儿子都很开心。儿子说："老爸，你太了不起了！"

听见儿子这话，虽然不至于沉醉，但我有了一种微醺的感觉。我走路的时候，脚步有些弹跳，有点自鸣得意，自我膨胀了。看来，我也免不了俗，爱听表扬的话。

我们去买可乐的时候，远处传来音乐。

那音乐从我并不熟悉的远处陆续传来。旋律一下子把我带到了很久远的地方，我的脑袋不自觉地跟着旋律去了某段值得回忆的过去。我也需要甜言蜜语的恭维和滋润。当然，我很清楚这不是想入非非，而是实实在在的心理需求。

我们迈着悠闲的步子，走在宽阔的华侨城的林荫大道上，欣赏着街道两边冬天的树木。我们交流着对新生活的感受，一致认为从各个方面来看，我们的家庭是非常幸福的。

听见那音乐，我的心情像深圳冬天的日光，安逸、高远、温暖、深邃、平和、一目了然。

我的职业是警察，以除暴安良、坚守公平正义和维护社会治安为己任。而老百姓比起我们来，更加需要有一个阳光明媚的明天。

由此，我想起"使命感"这一关键词。我和我们这些人与暴力犯罪之间的关系是对立的，是水火不相容的，也是相生相克的。有些人不理解我们的工作，用好奇的、怀疑的、固化了的眼光看待我们和我们的工作，甚至，对我们的工作冷嘲热讽，漠不关心。这样的情形出现以后，曾经一度让我感叹：由于长期处于一种待命状态，我们在自己的家庭生活中，有时候比陌生人还要显得陌生。我们的感情生活也很特别，多数时候需要家属、亲友的深度理解，我们才能建立起一个幸福完整的家。

警察的使命再简单不过，直截了当，充满了风险、传奇和暴力色彩。除此之外，需要表达的是自己的理想和普通人内心的一种生活状态。在使命面前，其他的一切都会变得非常次要，只能是细枝末节。

崇高的使命把我和我们身上的一切都变得更加强大，并且将一直强大下去。能按照自己的意愿做选择，是一个人在生命当中最基本、最核心的东西。当我们的所作所为、所做出的选择基本上能够满足自己的意愿，并且基本上实现这种意愿的时候，才算得上是真正度过了属于自己想要的一种人生。

当然，困难是有蛰伏期的，也有爆发期。无论我们遇到什么样的困难，哪怕它让你彻底地绝望，让你痛苦到了极点，甚至让你放弃自己安逸的生活，我们都不应该被它所支配、所牵引。那么，如何学会在遭遇险境的时候，找到解决问题的办法呢？

就在思考这些问题的时候，我看了看儿子。很显然，他正在为父亲的壮举高兴、亢奋着。我看着他自豪的面容，一股怜爱的情绪油然而生。任何一个男人都希望自己的基因能够稳定地延续下去，这是一个人本能的愿望。我也一样，不能免俗。

"老爸，你辛苦了。不过，我发现，你今天很得意。"儿子看着我说。

"我也同样需要别人的赞许、鼓励和肯定，你的问候也是我力量的源泉。"

"那个想要自杀的人个头比你高大吧？"

"比我高一个头呢。"

"你拖得动？"

"趁其不备，一把抓住他的后衣领，拖下来的。"

"老爸真厉害。"

"其实，我们面对的还是一个不怎么让人愉快和赏心悦目的世界，这个世界的不完美也有我们一份，我们没有理由去逃避和拒绝，唯有迎难而上，尽一个警察应尽的本分。"我自言自语地说，也不管儿子是否听得懂。

"老爸，你有没有快要熬不下去的时候？"

"当然有啊，我在快熬不下去的时候总会想起你和你妈妈，或许，我们的家才是最后收留我，让我有一个兜底的安全去处！"

"老爸，我真的没有想到你也有快熬不下去的时候。"

"一定是有的，总会有一个心理上的黑暗时期，只要看见你和你妈妈，我就觉得还能够熬下去，也值得熬下去。我相信，生活即使苦一点，难熬一点，总会有属于自己的那颗糖。你和你妈妈就是我的那颗糖，你俩积攒了我生活中的甜，就是我揣在兜里的糖。当我感觉太苦了，实在熬不下去就吃一块，然后重新披挂上阵。逢山开路，遇水搭桥。"

我有些得意地朝儿子看了一眼，但是看儿子的神情，似乎没有理解我这番话的意思。当然啦，他可能并没有在听，但我猜想儿子实际上是听懂了的，只是因为需要进一步的思考，他没有朝我看一眼。我的这番话足以让他回味无穷。

在向儿子做这些叙述的时候，由于临近春节，街上到处都是中学生。他们看电影，听音乐，打游戏，结伴旅游，他们生活得安静而且闲适。我想，这不正是我们这些当警察所盼望的社会生活状态吗？

我记不清接下来的几分钟我在做什么，很可能就是下意识地漫无边际地散步。看着儿子在我的身边发呆，我的脑子里什么也不想。不过，后来我还是挽住儿子的脖子，去找一个快餐店买点吃的东西。

在安稳的生活中，人们总是很轻易地高估了自己奋不顾身的勇气和献身精神。等到真正面对危难局面之时，往往会发现自己不如想象中的那么勇敢，那么临危不惧。面对危险时，正常人的内心多少会有些怯懦。然而，不够勇敢是坏事吗？对于普通人没有人予以置评，相对警察的职业操守而言，则是完全不同的。职业道德要求警察必须勇敢向前，而且敢于牺牲、不怕牺牲。

我很庆幸，多年的从警生活，自己始终没有被仇恨所扭曲，一直保持着清明理性，没有被恐惧的情绪所绑架，没有被私利蒙住双眼。面对生与死的考验，我没有怯懦。面对气焰嚣张、凶残无德的犯罪嫌疑人时，我克制了胸中怒气，将其依法依规惩处，而非以暴制暴。

就在这样的平凡而又极其不平凡的生活中，我为了用自己的整个身心去求得真实的代价，竟不惜勉强了自己，急着去抛弃内外的一切精神负担，可是，最终，我没有背叛自己的良心。

当我来到深圳的街头，平静地观察周围的人和物的时候，发现自己被多种非现实的东西所隔绝，寂寞和零乱的程度，达到令人吃惊的地步。我像被减去了外界压力的液化空气，眼看着自身就要失去外形而汽化了，变成了非现实的虚无缥缈的一股青烟。

等待时机

2006 年是一个多事的年份。从年头忙到年尾，似乎中间没有一天是轻松的。临近春节前的周末，一场特大暴雨袭击了我们居住的这座城市。

闪电划过长空，沉闷的空气让人感觉像是生活在一个巨大的蒸笼之中，屋里一阵亮一阵暗，闪电发出的蓝幽幽的光芒直射进屋里，照亮了派出所里的办公区。

惊雷是一个接一个，"咣啷""咣啷"的声音砸下来，似是砸在人的头顶上。雨水在办公室窗户玻璃上急速流下来，像瀑布。看不见外面的景象，我明显感觉有些心惊肉跳。

按理说，这个季节不该有大暴雨的，天气怪异得很。我坐在派出所的会议室里，正在跟内勤和几个副所长一起研究下一步的"邻里守望"基础工作该如何开展的问题。夜班总是异常忙碌的，一低头一抬头之间便是一整夜在悄无声息的忙碌中流逝掉的时光。

一个惊雷陡地劈下来，屋里顿时漆黑一片。想必是把电线打断了。等了半个小时还是没有来电，我让内勤去拿出蜡烛点上，一抹孱弱的黄色的光，抖抖嗦嗦的。可能是经过电力部门的抢修，大约等待了四十五分钟以后，电来了。

正在这个时候，我接到王副所长的电话。

他告诉我，一个抢劫杀人犯罪嫌疑人在一个药店挟持了一名收银员，围观的群众越来越多，环境异常复杂，他面临着一场重大的选择，希望我能够尽快到现场处置。

我立即取消了会议，带着几名正在值班和加班的警察赶到了现场。

到达现场的时候，雨已经完全停了。我仔细观察现场后有些吃惊，眼前的一切让我脊背发凉。我感觉我的那种吃惊完全是从内脏开始的，甚至是从心的最深处开始的。隔着药店的玻璃门，我仔细看了现场，我明显地感觉到环境不利于我们对人质的解救，稍有闪失，后果不堪设想。

在进入现场与嫌疑人对话之前，我将雨后夜间湿热的空气吸入胸腔，然后缓缓吐出，感觉轻松了不少。这个时候，通过药店的透明玻璃门，我静下心来再一次仔细地观察现场：药店柜台前面站着一个二十来岁的青年男子，他正用一把尖刀抵住一个女青年的脖子。刀刃在灯下闪着冷冷的白光。准确地说，就在这个时候，我已经看清了犯罪嫌疑人的长相，他五官端正，身高在一米八五左右。由于现场灯光昏暗，对峙双方都笼罩在危险之中。嫌疑人彪悍强壮的身体更是让我紧张不已。我感觉到，嫌疑人的模样有些让人觉得神秘莫测。

我们一行人都是穿着制服到达现场的。大约是看见一下子来了这么多警察的缘故，嫌疑人的情绪有了波动。他的脸色已经完全变了，满脸通红，呼吸急促，乌黑的嘴唇一张一合的。

在我看来，他的情绪十分亢奋和恐惧。

我推开玻璃门，将身体挤进去一半，我注意到屋子里充斥着一种令人紧张的沉默。那个人质不停地扭动身体，由于空气显得分外紧张，从而放大了她的痉挛和恐惧。我轻轻瞥一眼其他顾客，所有人都静止不动，连角落里的植物也好像凝住了气息。我禁不住摇了摇头，直视着拿刀的人。他很年轻，白白净净的一张脸，没有任何的表情。

就在这个时候，为了不至于引起人质的不安和情绪的波动，我避免接触她的目光。

"你以为我逃不掉？"嫌疑人对我说，"但是，我还是很想试一试，我知道这样做成功的可能性很小。现在已经是这样了，我也没有办法，总是要先完成其他事情再说，只能是一错再错，一错到底，鱼死网破。这种事情对我来说当然并不容易，因为我会付出更多，包括我的性命。"

那个被劫持的女青年身上还挂着胸牌，她是药店的收银员。胸牌在她的脖子前面来回晃动。

我将整个身体从药店的玻璃门撤出来。门口有两个先行到达的正在路面巡逻的年轻警察看着我，他们是希望能够听见我下达的命令，但实际上我几乎还没有完全进入实战的状态。

"胆大妄为啊。"一个巡逻警察的声音里透出一整天的疲劳。那声音是从我的背后传出来的，我回头看了一眼，那两个出警的年轻警察顿时脸色铁青。

我稳住神，再一次透过玻璃门观察了一下周围的环境。

我看到几个看热闹的孩子的脑袋在一堵墙后面挨个地探出了一下，躲躲闪闪、整整齐齐的一排黑影。还有几个老人和中年女人在不远处犹犹豫豫地出现了。看热闹的人越来越多，这些都是老百姓。再往后，是一扇玻璃窗户。

窗户的下面是一大片空地，空地的另一面便是一面更大的墙。大墙由不规则的砖石砌成，灰蒙蒙的。在灯火较暗的晚上更显得黑黢黢的，街灯照射角度过低的时候，还有点挡光。不知道它是什么墙，有可能是工厂的仓库，也有可能是一面挡土墙。这一切都不利于狙击手射击。这里的空气中飘浮着一股怪味。究竟是什么味道呢？简直同废纸堆的味道无异。光亮不时地摇摇晃晃，估计是来来往往的汽车灯光。

感觉这地方人口稠密，不利于强攻。我想，唯一的出路就是跟嫌疑人谈判。

我扒开一些或站或依靠着墙体看热闹的人群，再一次朝着药店的玻璃门走去。在我拉动门环的一瞬间，王副所长告诉我，嫌疑人已经杀了一个手机店的店主，逃命的时候，又伤了一个路人，现在慌不择路地逃到了药店，劫持了收银员，情绪还处于亢奋之中。

"你可得注意安全啊！"他在我的身后搁下这句话。

我推开玻璃门，直起腰，朝那边缓缓接近。我看到那个收银员被嫌疑人拖到药店的中间地带。嫌疑人在那里大声叫骂，由于语速过快，他讲的具体是什么内容我听得并不清楚。

收银员是一个年纪在二十岁上下的女孩子，见我穿着制服进来，她朝着我惊慌失措地摇摇头，示意我不要轻易地靠近。我估计她已经通过我所穿的制服，判断出大批的警察已经赶过来了。

嫌疑人挟持着人质朝着我走了几步，一脸的凶狠。他站在药店的中央朝着我喊叫："喂，警察来了，我猜你一定是个头儿，有本事你过来。"

空气变得异常凝重。我朝玻璃门外的王副所长、方效、何凡伟三个人点点头，示意他们不要太过接近现场，以免擦枪走火。回头再看，收银员已经不再用眼睛看我了，只是任凭自己的身体颤抖。

我闭目、敛气，默默告诫自己："我没有别的办法，我只能站在这儿等待时机！"

与此同时，我还不断提醒自己：不能外露情绪。

我缓慢地对嫌疑人说："你得冷静，不要伤害眼前这个小姑娘。"

微光中我听到巨大的响声，那是我自己内心的声音。

可能是因为第一次听到我说的话，嫌疑人还没有捕捉到他所需要的信息。他再一次冲我大扯着嗓子奋力地喊了起来："有本事你就上来，没本事就接受我的条件。"

　　他的脸上闪现出作恶成功后的自鸣得意。

　　就在这个时候，我感觉周围的一切似乎都凝固了，仿佛时间在这个特殊的时候得到了短暂而奇妙的暂停。但是，我的思考不能暂停，不能有丝毫的松懈。

　　我对嫌疑人说："我没什么本事，你放心好了，枪我也没带进来。"我转身让他看见我的背部，接着说："你有条件可以提出来。我现在能够解决的就现在解决。解决不了的，我请示我的领导。"

　　"你放屁，我叫你请示领导的吗？你别玩什么花招。"

　　这话听上去异常横蛮无理。我很想沉默地听他再说下去，可是，实在忍不住，还是扯起嗓子说道："你这是在犯罪，是暴力犯罪。"

　　"你别说这些，道理我都明白，"他打断我的话，"一人做事一人当，你可不要耍花招！"

　　"我不会耍花招，你放心好了！"

　　"我觉得你终究还是会耍花招的。"他一边晃了晃手中的刀子，一边用没有抑扬起伏的平板语调说道，"要当心。如果你不想被杀掉，如果你不想我杀掉这个女孩，那就当心为好。"

没有试错的机会

女孩吓得尖叫起来，一股棕黄色液体顺着她的大腿流下来。这个时候，我注视嫌疑人的眼神中加了一些力量。他开始回避与我对视。我心里明白，眼神是不会说谎的，他不敢直视我。他一定有事隐瞒，胆怯了。进一步说，他的眼神在闪烁，这是撒谎的征兆，也可能是他在心虚的时候无意间泄露了他的恐惧和慌乱。与此同时，他的肢体语言告诉我，他在害怕某种东西，是畏惧，是躲避，逼迫他不停地掩饰自己的真实心理。

我说："好的，我是不是在玩花招，你应该看得出来。那我就不谈这个玩不玩花招的问题了，你只管提条件吧！"

这时候他一直飘忽不定的目光落到了我的脸上，让我有了一种空虚的感觉。他深深吸了一口气之后说："你出去把你的人撤走，我们再谈。"

"你的这个要求，我现在就可以答应你，你稍微耐心地等一下，我出去让所有的警察撤离。"我说。

他没有作声，显然很乐意我的应允，而我该说的已经说完。于是，一股十分滞重的沉默袭来，我有一种莫名其妙的失重感，犹如置身于深不可测的洞底。那沉默的重力死死地压进我的双肩和心脏，以致我的思考都处于这重力的压迫之下，从而裹上了一层令人不快的硬皮。我转身，走出药店。

我对王副所长命令道："所有穿制服的警察都隐蔽起来，便衣警察可以靠前，装扮成围观的群众。狙击手由方效担任。"

王副所长说："穿制服的警察都撤走了，失去了威慑，你个人的安全怎么办？"

我说："顾不上那么多了，我个人的安全现在没有时间考虑，如果可能的话，我愿意用自己去置换人质。现在看来，即便是这样交换，估计嫌疑人也不会同意。假如置换成功，这里就交给你指挥了。我只能走一步看一步，相机行事。你们服从命令吧！"

我布置完这些的时候，几个前期赶到现场的警察突然怔住了，大家几乎同时都觉得哪里不对劲儿。具体是什么地方不对劲儿呢？他们说不出来，我一时也说不出来。

周围依然乱哄哄的，有点燥热。我重新转身进入药店。

"我让警察都撤离了，"我对嫌疑人说，"现在，我们还是进入今天的主题吧，你想提什么样的交换条件，现在可以告诉我。我希望我能够答应你提出的条件，前提是，现在，你必须马上把这个女孩给放了。"

嫌疑人正站在药店的柜台前面同人质说话。大意是要求人质听话、配合和服从。我感觉到人质已经断定我注意到了她，我对着嫌疑人和人质大声说："我是警察，你们先不要激动，听我说话，按照我说的去做。"

嫌疑人说："我不想按照你说的去做，你又能把我怎么样？"

我手心里攥出一把冷汗，尽量让自己的语调平和下来，我说:"我当然不会把你怎么样了,但是,你冷静下来想一想,你这样做对谁都没有好处。再说,你这样做总得有一个目的吧?"

他开始不断地讲述自己的种种不幸,诸如自己怎样维持生计,怎样走投无路,怎样在走投无路之中虚度年华。

我没有听他讲述的这些,只是再一次确认自己在现场所处的位置。我不能离嫌疑人和人质太近,也不能离得太远。我不需要更多的警察到达现场,也不必炫耀自己的强制力量,只需要部分人员将无关的围观者驱离现场即可。如果谈判不成功,我只能考虑现场击毙的可行性方案了。况且,根据以往的经验和教训,我和我的同伴都不同程度地感到,在暴力犯罪发生的现场,如果只是一味地迁就犯罪嫌疑人,既贬低了自己,也高估了对方,容易造成被动。

嫌疑人继续说:"我做这件事,不是为了钱,我只想证明我的无辜,证明我的能力,你懂了吗?"

"我可以去想办法调查刚才发生的事,但是,在结论没有出来之前,我还不知道你到底有什么犯案的事实,能不能让我找当时出警的民警了解一下情况再说?"

这时,被劫持的人质哭了起来。我朝着她喊话,我说:"小姑娘,不会有事的,你一定要镇定。"

我指着嫌疑人接着说:"这位朋友不会伤害你的,你稍微耐心地等一下,我听听他的条件,我们一起努力!"

收银员张了张嘴却没有了声音。很显然,她的情绪安定了一些。我估计她已经听懂了我的话，她的眼神告诉我，她不会再吼叫了。

"你可以出去了解情况，但是，你得回来，还得回答我的一些问题。"

"一言为定！"我说。

我转身出了玻璃门。方效迎着我的面，神色凝重地说："所长，周围围观的人越来越多，这会增加我无穷无尽的压力，我无法静下心来瞄准并在安静的状态下完成我的射击任务。为了不分散我的注意力，请你暂时让周围群众离开一下，或许，只有这样，才可以保障无辜群众的安全。我想，我一定能给你一个满意的结果。"

我立即命令处于待命状态的民警将围观者疏散。

方效是公安局射击队的队长，精通枪械，是一位枪械和射击专家。他尤为擅长速射，十五秒钟六发子弹击中五十米枪靶。

见人群散了一些，方效继续说："您也可以撤离！"

我不解地问他："劫持人质，这么大的事情我能离开现场吗？能够谈判解决的问题，为什么不能避免开枪击毙这一选项呢？"

方效说："面对暴力犯罪的时候，警察如果一味地退让、犹疑不决就会成为制造暴力和凶残犯罪的温床。没有反抗，逆来顺受是霸凌者最喜欢的懦弱品质。"

这是方效的激将法，他就是希望我能够立刻下达击毙的命令。

王副所长说："我同意方效的意见。我们不能退让，只能干掉他！"

我想，人极易受他人摆布，不管这个人的要求多么地不靠谱，只要坚持，对方就会从心理上被我们打败。

那个时候我的确有点焦虑和烦躁，但在现场不能表现出来，我压了压高涨的情绪，用比较平静的语调告诫自己："我们必须牢记面对此类情况的工作守则：在有人质的情况下，千万不要对挟持者说'不'和'办不到'，那样会堵塞交流通道，出现相互间的误判，让接下来的工作无法推进。我还是想试一试，尽量用和平的方式去解决问题。"

其实，我心里也是很明白的。作为警察，在执行公务的活动中，几乎没有妥协和试错的余地：你要做到最好，随机应变，每一件突发事件都是新的，需要临机应对。如果稍微有点闪失，会后悔一辈子，造成终身遗憾。

"我们服从命令，听从指挥。但是，如果实在谈不下去的话，或者说谈判破裂，可能需要将嫌疑人引出来，那样我们才有解救人质的机会。换句话说，如果目前的现场状况没有任何改变，一味地开枪击毙，风险太大了。"黑暗中，王副所长提醒我。

我对他说："我的责任就是安全地把人质解救出来，最好不要出现伤亡。如果出现任何不测，都会酿成灾难性的后果，那不是我所要的最佳结局，也不是公安机关承受得了的。我们没有试错的机会。"

方效回答我说："目标移动，不能射击；嫌犯身后有无辜的群众，不能射击；人质的安全没有保障，不能射击。如果现在的态势没有变化，又必须要开枪的话，我没有把握，后果会很严重。"

其他的民警都看着我，似乎也是在对我说："不能把自己的命运交给这个和他们一样不知所措的人。"

我问王副所长："可不可以从屋顶击毙嫌疑人？有没有这个可能性？"

王副所长看了一眼他身后的方效。

方效接住我的话说："我已经试了，如果我从地面站起，再从光秃秃的石墙攀爬上去，墙体无法附着。我攀登了两次，但不出所料，终归是枉费心机。墙高固然不足三米，但是，要攀登没有任何突起物的垂直墙壁是不可能的，除非有大型吊车把人吊上去，现场的情况这么紧急，周围围观的人太多了，这个办法基本不可能行得通。纵使能攀登上去，药店顶部也没有出口。唯一的办法，也是比较冒险的办法，就是等所长谈判结束的时候，利用推开玻璃门的那个瞬间开枪。"

王副所长担心起来："如果一枪没有击中，或者子弹出现偏差和跳弹，后果无法控制。"

我看了看药店的环境，墙上没有挂画什么的，纯粹的墙壁。

我干脆把心一横，说："顾不了那么多了，按照方效提出的建议办。如果出现失误，由我承担责任。"

用子弹回答

我布置完毕后，再一次进入现场。

那个时候，我的精神状态完全处于亢奋之中，似乎并没有意识到自己所面临的困境和压力。

嫌疑人对着我说："今天，我就是要把坏警察找出来，我需要了解更多更详细的情况，你可一定要记住，千万别骗我。否则，我的行动会超出你们的想象，人质的结果就是去见阎王爷。你也一定会跟我同归于尽。"

可能是由于精神高度紧张，嫌疑人说话的时候有些语无伦次。

"我是这个派出所的所长，再说一次，如果用我交换人质，也就是交换你胁持的这个小姑娘，你愿意吗？如果不愿意，你的生命就进入了倒计时！"我突然加大音量，断然说。

嫌疑人愣了一下，说："一旦进行交换，表面上看，我赚了，你的身价高于收银员，但是，在我这里，生命的价格都是一样的，没有谁贵谁贱的问题。再说，一旦交换成功，所有的警察都会与我为敌，我更加没有逃跑的机会了。因此，我是不会同意你的这个条件的。现在，你只要告诉我，倒计时还有多久？"

"多久？我说完下面的话以后，就只剩下十秒钟了。"

"我一直不明白，你们这些警察为什么对我不依不饶？一定要把我逼到现在这个地步？"

"我想找到天道公理，这是我当初立志干警察时的动机。我很清楚你的状态，你现在一定很疲劳，已经精疲力竭了，惶惶不可终日了。对吗？现在，你何不当着这么多围观群众的面释放人质，向警方投降，争取一个依法从宽处理的机会？"

嫌疑人的一双眼睛炯炯地发出了怒火。在等待我读秒的那致命信号的当儿，他把凶器的利刃放在人质的手臂上来来回回地摩擦，然后刀尖指向人质白皙粉嫩的脖子。

他说："你当警察不当警察跟我没有任何的关系，你的初衷是什么那是你自己的破事。但是，你首先是一个人，然后才是警察，对不对？是人就会有一些自己的私事，不可告人，我同样也有私事，而且还想活命，我当然也不会告诉你我需要的东西究竟是什么。"

他的声音有了暴怒后的爽朗清晰，既不快又不慢，既不大又不小，既无紧张之感又不过于轻松，似乎是一个演员在背诵台词，一切恰到好处，无可挑剔。一听就知道这是一个惯犯的声音：那是一种只消听过一次便不易忘记的声音，就像他严肃的面孔、洁白整齐的牙齿和高挺的鼻梁一样令人难以忘怀。这以前我从来未曾注意过和想起过嫌疑人的声音。尽管如此，这声音沉稳，冷静，犹如夜半鸣钟一般，使得埋伏在我脑海一隅刹那间的决心浮现出来，我对自己说："只能用子弹回答这一切了。"

劫持现场情形异常严峻。嫌疑人的刀尖再一次顶住被劫持女孩的脖子，比划着，只要他稍微一用力，女孩就有生命危险了。

可能是因为走投无路、精神紧张到快要崩溃的缘故，嫌疑人开始咆哮起来，说："我做这件事，不是为了钱，我只想证明我的无辜。你懂了吗？"

他的声音开始发抖。与我相比，在心理上他显然处于劣势。

我在注视嫌疑人的时候，发现他的眼神比起刚才来更加闪烁不定，他不敢直视我，这是极度恐惧的征兆。与此同时，他故意装扮成精神抖擞、视死如归的架势，把他瘦弱的胸脯再一次挺起。

"我们还是进入今天的主题吧，我再说一次：我是目前在现场职务最高的人，你有什么条件可以告诉我，我来答复你。我希望你也能够回答我的问题。"我心平气和地说。

我心里明白，在有人质的情况下，面对问题，首要的不是讨论谁是谁非的问题，而是迅速及时地采取有效行动，解决问题。唯有拥有这般信念，才能成为一个合格的警察。

"我罪恶累累，再死几次也不冤枉，如果你放过我，或许我还是能够侥幸活命。我不知道我跟你有没有达成交易的可能性，也不知道你是否带有武器。"犯罪嫌疑人对着我说。

"我已经告诉过你，我没有带枪，我是正在开会的时候接到报警赶过来的。"我再一次举手转身，一个 360 度旋转，抽下裤腰上的皮带，挂在肩上，撩起衣服，露出比他的胸膛更加瘦弱的胸膛。嫌疑人没有动。

我重新系好皮带，继续说："我的责任就是保护人质，也就是你抱住的这个小姑娘的安全。我们最好能够和平解决问题，不要出现伤亡。我相信，这样的结果，也是你所愿意看到的。"

他答非所问地说："如果你觉得我是恶魔的话，那是因为我这样的人还活在地狱中。你们这些少数既得利益者没有生活在我这个阶层，所以，不知道缺少钱财的难处和痛苦，当然无法理解我这类人的一言一行和一举一动。"

我说："我最希望的是看到你手上这个小姑娘处于安全状态。我最后说一次，假如你愿意的话，我可以替换那小姑娘。如果你不听从我的劝告，现在的这个对峙状况正好是了却我的心愿的时候。"

我看到那把闪亮的短刀仿佛从嫌疑人下巴里长出来一样，直直地顶住人质白皙的脖子。就在这个时候，我眼前的黑暗中突然出现一扇明亮刺眼的窗户。我在那一瞬间清醒过来：仅仅知道死亡没有意义，我要的不是知道死亡，而是要回答死亡。

我冷静地走出药店的大门，在我打开玻璃门的那一瞬间，稍作停留，我对着隐蔽在门边的方效毫不迟疑地下达了击毙的命令。

就像期待中的那样，四声枪响如期而至。

声音干净利落，带着结实的、清脆的和沉闷的声波，可以想见开枪的人的心态是多么地沉稳。

我上前抱住人质。小姑娘拼足力气吞下哭声，时断时续地讲她所看到的一切，接着，她躺在我的怀里晕厥过去了。

嫌疑人中枪倒地了。他的身体贴着药店的柜台滑到地上，扭曲着倒在血泊之中。我再一次看了看嫌疑人，倒在地上的那个男人只有出气而无进气。他胸口的鲜血正使衣服改变颜色。他低声呻吟，生命的确已经进入了倒计时。

看着嫌疑人逐渐僵硬的身体，在喧闹的夜晚，我的心突然就安静了。我感觉时间和我似乎彼此已经无法顺利找到接点。在紧张的气氛之中，就连我自己的肉体是否存在都变得让人费解了。这意味着什么呢？我理解不了。或者莫如说就连想理解的心情都已经消失不见了。

经过短暂的沉默之后，我突然意识到人质的安全问题尚未完全得到确认，立即像进球的球员似的，一蹦蹿起来，拉住那个收银员，不停地拍打她的关节。我用不属于我当时那个年龄的夸张动作，表达着我当时的真实心情。

"我没有受伤！"清醒之后的收银员对我说。

"你再确认一下，身上有没有受伤？"

收银员穿着白色的连衣裙，身上的工作牌依然套在脖子上。她头发高高地扎一个马尾辫，肤色白皙，眼神淡定。她拍了拍自己的身体说:"我只是吓傻了,真的没有受伤。"

我再一次回头看了看血淋淋的现场。嫌疑人的胸口仍在流着红色的血,围观的人都默不作声地看着那个垂死之人。那人的呻吟已经终止,呼吸完全停了下来。

在确认嫌疑人被击毙了以后,我高度紧张的精神状态突然松弛下来。我、王副所长和其他同事都长长地出了一口气。只是,这种轻松的气氛刚刚开始或者说正准备开始,我就感到了一股异样。

狙击手方效却是傻呆呆地怔在那里。其实,参战的民警特别是执行击毙任务的民警也有自己的难处,往往需要有一种正确渠道的心理辅导。如果不进行有效的心理疏导,可能会产生抑郁的情绪。当然这样的情形并不意味着他们的大脑本身生病了,而是大脑正在发出的某种特殊信号,希望告诉周围的人:我的生活环境出问题了。这个环境,可以粗略地分为我们每一个民警执行任务的艰难程度和应对复杂环境的心态,以及参与行动的人所共同经历的抓捕行动的相互配合过程和心态。

在警察这个特殊群体的日常工作中,面临瞬息万变的复杂环境,心理状态往往会出现一些重大的变故或精神创伤。这些都会诱发情绪低落。特别是目睹家暴、被残害的尸体、被侵犯过的女性裸体等的残忍场面。在目击者中,相当比例的人可能会有一定程度的抑郁倾向。这就像气温太高了,机器在运转的时候会自动关机一样,当现场的环境太过窒息、惨烈、超出想象，人却无处逃避的时候，人的大脑和身体会成为最后的屏障，在自我保护意识的驱动下，人会浑然不觉，下意识地处于麻痹状态之中。治愈的唯一办法是让目击者从现实中抽离，隔开想象的空间，保护自己不要再去参与那样的活动。

现在回想起来，嫌疑人倒地的那个瞬间，地下是一个黑乎乎的空间。那里唯有沉默，吸入所有声响而再不容其浮出洞口来。不流动的空气死气沉沉，那洞里不可能传递任何信息。

随后赶到的是刑警大队的三名警察。其中一个用相机拍下了现场。另外几名警察戴上手套搜出嫌疑人的证件，将他的姓名、身份证号码和住址记在一张纸上，然后将证件用塑料袋封存起来。

一个警察对我说："所长，还有一个第一现场，在手机店。"

"知道了，我马上过第一现场。"

死亡场景

离开药店的时候，我再一次回头看了看嫌疑人的尸体。

那是我有生以来无数次目睹的死亡场景中的一个。每一个死亡场景都有它的特殊性，几乎没有复制的可能。但是，在那以前我不曾经历身边任何人的现场死亡，亦不曾目睹任何鲜活的人在我眼前死去，所以无法具体想象死亡的过程究竟是怎样一种背景。过快，过于惨烈，那个过程痛苦吗？但那个时候，在那个特殊的时间段，死亡以其原原本本的形态横陈在我的面前，这是一个难以预料的客观事实，不可思议地与我迎面相撞，我的脸与尸体相距不过一米，嫌疑人在临死之前，还凶神恶煞地看着我。这便是所谓死，我想。

这个人的死亡过程告诉我：任何人总有一天会走到这一步，只不过是形式和时间不同而已，任何人都将无可避免无可救药地坠入这无边黑暗的深渊，进入那个失却共鸣的岑寂之地。这黑暗之穴乃是永无尽头的无底之穴。目睹了这个劫持人质的犯罪嫌疑人被现场击毙，我一下子明白了什么叫无言以对和感叹，也明白了什么叫无可寄托的虚妄。生命很短，很快就过去了。决定生死的时候是没有什么理由的，就在一瞬间，那家伙就没命了。

我们一行人将人质送回派出所做笔录，又赶到了第一现场。

那是嫌疑人在一个手机专卖小店实施抢劫杀人犯罪的现场。嫌疑人是在杀死手机店店主，抢走了四部手机，在逃离现场时遭遇路面巡警追捕慌不择路闯进药店，并且劫持药店收银员的。

我们一行人在走向手机店的路上，空中又飘起了雨。

雨水在灰蒙蒙的空中飘来飘去，贴着我的脖子往里滴进贴肉的制服里。我的皮肤感觉黏糊糊的，像是涂了层糜烂的辣椒，仿佛全身的血液正在燃烧。我的身体燥热难受，身上的关节正在隐隐作痛。

我深深地呼吸，感觉胸部在制服下面缓缓隆起，然后下沉。

进了手机店，满目一片狼藉。我看见一个男人的尸体躺在灯光之下。这人的尸体和几部被摔在地上碎成零部件的手机躺在了一起。几个刑事技术人员正在勘查现场。一个技术员用照相机不断地进行现场方位拍照。闪光灯在我眼前一闪一闪的，我那个时候就有点恍恍惚惚起来。

在门口站了一会儿，我似乎看见被害男人胸部下面的地上有一摊血迹。很显然，他早已断气，灵魂已经走向了另外一个世界。地上血迹在灯光下显得不太真实。于是，我感觉那躺着的男人也仿佛是假的，如同电影里的布景。但是，那的确是现实中的一具尸体，像纸片一样铺陈在那里，地上是殷红殷红的血迹，液体还在流淌。

我朝手机店的窗户走去，看了看窗户下手机柜台那些被撬动和被击碎的玻璃痕迹。

这时，我的心无声地开始炸裂，眼前似乎腾起了满天的血雾。心灵的碎块如同高速飞行的子弹一般射向四方。我感觉自己的血管在皮肤上形成凸起的网。我的眼睛是干的，如同沾着磨屑的砂纸。但倒流的眼泪却呛进肺腑，阻塞住了呼吸系统，扼住了血脉。我在脑海里拼命地挥舞着双臂，驱赶那些梦幻般生长的残酷画面。我感觉到自己的脸上已经没有神经指挥，出现了僵硬，接着便是愤怒。

出了手机店的大门，路旁的一家小餐馆里传出一阵阵的喧哗声响。

路过餐馆时，我看见里面一大堆外来务工的男女，正围着一台电视机观看一场足球比赛。有人时不时地手舞足蹈，拍打着一张茶几，一声声地叫好。

　　那个年月，足球热正风靡全国，球迷越来越多，越来越不理性，其行为越来越夸张。有位朋友说，如今不喜欢足球赛的人就不是真正的男人和女人，或者说不能叫作人。男人看足球赛是力量和强悍的宣泄，女人看足球赛是出于对男性力量的崇拜和追随。球员瞅个空子对准足球奋力一脚打门的一瞬间，观众的心里就会掠过一阵揪心的悬念和隐秘的快感。体育是和平的战争。体育充分而又极为直接地表现出了人与人之间的生存竞争和拼搏。似乎这个世界的一切一成未变。

　　我站下来，试图隔窗欣赏一下电视里的足球比赛，学着做一个"真正的男人"。但我实在缺少体育细胞，没有心情，兴趣索然。

　　夜晚的街市中心，形形色色的男人、女人在这里工作、喝酒、散步、跳舞、交谈，空气中混杂着各种香水味和体味，似乎能让人嗅出汗液和情欲的滋味。

　　这时我就想，真正的野蛮人是极端不讲理的，你越是弱小，越是受到欺凌。除了拳头、暴力、围捕、手铐和子弹制造的血腥语言而外，这种人是听不懂其他任何形式的语言的。他们只会用自己编织的所谓的狂想的道理进行思考，用无规则的暴力争斗，无法与正常的人进行交流。

对于这类人，你跟他们是没办法用语言去讲道理的。因为他们从不需要也不屑于讲道理，更不习惯于讲道理。讲道理的就不是暴力犯罪分子，也不会有野蛮的行为。那么怎么办呢？那就只能用子弹说话。

表面上看这是一种以暴制暴，其实，这样的理解是不完整的。

警察就是以强制力作为后盾，依法去解决这些问题的人。警察的一切暴力活动，均是以执行法律为前提的，限定在一个规定的范围以内，是以制止暴力侵害为首要任务的，一般不会危及普通人的生命安全。

我们在工作中的付出，或者说尽职尽责，是作为一名警察的一种理所当然的人生义务，每个警察都必须去履行法定职责。所以，我们没有任何理由去抱怨，更没有理由去拒绝履行义务。这一切都是我们应该做的，除非你不想当警察了，而想当警察又不想履行职责是做人最不负责任的一种行为，人人都会唾弃，所有的警察也会鄙视这种行为。

当然，我们这些做警察的也曾获得过成千上万次的由衷的感谢和赞许，这对于我和我们是莫大的宽慰。这种宽慰，使我们在漫长岁月里，在千难万险的工作中，有了精神上的鼓励和支撑。因此，我在临近退休时仍然会说，我没有任何抱怨。

那天，从手机店回到办公室已经是凌晨三点了。

除了愤怒以外，我脑子里似乎还在思考着别的什么东西，又似乎啥也思考不了。这个时候，我稍稍感觉有些头重脚轻，太阳穴胀痛。我的眼睛通过派出所敞开的窗户看到外面去了，除了依旧是灯红酒绿，我的视线里什么也没有。

由于过度的紧张和疲劳，睡意袭击了我。我走进自己的备勤室，摘下帽子，脱去制服，拉下裤子，只穿着内衣躺在床上，熄了灯。

不料，也许是刚才的一场短兵相接的较量引发的情绪亢奋的缘故，我开始烦躁不安，一种无法用语言去表达的情绪袭来，一时很难进入梦乡。

在床上翻来覆去很久，我的大脑开始清醒起来。

在通常情况下，我的这种对于虚幻事物的追逐恰恰会导致更多的不幸。我所说的这些不幸，主要是指精神方面的，当然包括了痛苦、疾病、烦躁、忧虑、怨恨、匮乏、损失、贫困、羞愧和耻辱等。而真正的幸福总是在不经意间很晚才到来。当别人恭维你时，偷偷高兴一下就行了，捂住嘴，不要声张，不要完全当真，因为那十有八九是哄你开心的。想到这里，我干脆关了台灯，开始安心地数羊。随后，黑暗就从四面八方压来，人就昏昏沉沉睡去了。

早晨，一觉醒来，已经是除夕夜前夕。忙完了派出所的工作，我打算跟儿子和妻子一起吃年夜饭。

几天前，妻子提出一家三口一起吃年夜饭。多年没在一起过除夕了，家人都希望有一次团圆的年夜饭。这个要求很正常、很合理，我迅速地答应她，没有丝毫的犹豫，也没有犹豫的余地。

下班以后，我急匆匆开车赶往约定的餐厅。

到达以后，我把车停进海边的停车场。我想起妻子和儿子正在等待我时的模样，心里就有点酸酸的、软软的感觉。在平常的生活中，我估计他俩经常会在什么地方等待我、期盼我、守候我，希望知道我的一切工作情况和所面临的压力，更想知道我是否处于一种健康和安全的状态。

多年了，虽然他们从未直接向我表达他们的担忧，但是，我心里是明白的，大家都不想捅破这层担忧的薄纸。我的这种感觉是我与生俱来的一种特异能力，而这种能力是在我担任派出所所长以后，在无意之中发现的。关于这一点，我留到后面再向读者做进一步的交待。

现在，我只是关心妻子和儿子。或许，他俩就在哪个街角，在哪个拐弯处，在哪扇玻璃窗里面等待着我的到来。他们一直在某一个隐秘的地方关注着我，只不过，我看不见他们而已。

我的肚子已经开始有了饥饿感，估计胃里已经没有食物可以消化了，胃壁正在消化黏糊糊的液体。

我停好车，几乎是下意识地伸手触在车窗玻璃上，指尖轻轻抚摸其表面，尽可能让玻璃清晰起来。我的潜意识里希望他们母子能够立即出现在我的视线范围以内，至于这一行为意味着什么我不得而知，只是一种下意识的习惯动作而已。

车窗外面，在我的视线范围之内，海边上有几个行人止住脚步，正朝着我这边惊讶地看着。我不知道他们究竟是在观察什么、对什么东西有兴趣，也许是他们看见我停车而不下车，觉得很奇怪吧。

就在我胡思乱想的时候，手机铃声孤零零地响起，刺耳的响声，刹那间让我顿生恨意。是谁在这个时候来电话以致我不能好好地陪同妻儿吃个安静的年夜饭啊？

我操起话筒，不分青红皂白就劈头盖脸直斥道："正是吃晚饭的时候，你就不能让我安安静静地吃个饭？还让不让我活呀？"

不想，电话那端传来一个男人憨憨的笑声，我不由得一惊，忙问："你是谁？"

只听话筒里男人缓缓地回答道："所长，我，是我啊。"

声音非常低沉。

我说："王所啊，是你啊！今天可是大年三十，总得让我跟老婆儿子吃个团圆饭吧？"

我原本以为妻子会打来电话，确认我是否能够参加年夜饭，因为她一直想我跟她及孩子一起吃个年夜饭，她似乎一直担心我无法赴约。

看来，女人的第六感总是相当准确的。不曾想，电话却是同事王副所长打来的。刚刚分手的时候，我俩还在一起讨论一个绑架勒索案，分开还不足一个小时。

年夜饭

在我的印象中,王副所长身材高挑,脸长得瘦瘦的,外观一看就是一副玩世不恭的样子。其实,他的性格是很讨人喜欢的。他是一个老刑警,练就一身武功,往往在危难之处有超乎想象的行为表现,遇上疑难案件的时候,总是挺身而出,出奇制胜,常常会因此而立功受奖。他嘴非常厉害,每至休憩的空当,就有一群男男女女的警察围在身边听他说笑话。每次话落,我再一搭腔,二人就如说相声。你一句我一句,时常逗得周围的人前仰后合,给从事繁重紧张工作的同事们带来了轻松和快乐。若不是后来我被调派到市公安局一个专业部门工作,二人就此作别,用我的话讲,真说不准我俩哪天跑到罗湖商业城的大街上说相声去了。

王副所长说:"案件有新的进展,被绑架的小孩放学以后在学校门口的商店里买了两瓶可乐,自己一瓶,同学一瓶,毫无疑问,小孩放学的时候还有一个人跟随在一起,是两个人。"

我问:"跟他在一起的人找到了吗?"

"找到了,是他的同班同学。现在我正去找这个小孩,有姓名和地址,也有家长的联系电话。看来,孩子被绑架到了我们辖区。换句话说,发案在别的辖区,但被绑架的人质现在却在我们派出所辖区出现了。"

"你们抓紧时间，如果能够找到这小孩，说不定案件就破了一半。我马上赶回来。"

挂了王副所长的电话，我感觉到自己刚才说话的口气似乎有些不耐烦。其实，我本来没有那个意思，而结果上我的语声听起来就带有了那种意味。我又想，人如果由衷期盼什么，总是希望能够如愿以偿的。但是，在多数情况下是事与愿违的。然而，我总是盼望通过某种特殊频道，将现实变化成为非现实，又将非现实变化成为现实。只要人有了真心的渴望，我们总是能够在一定的概率上实现一些自己的愿望的。可是，那并不等于证明人的预判一定是准确的。有时候，所能够证明的莫如说是相反的事实，或许。

我就再也没法去吃团圆饭了。原本想的是大年三十，是个最觉轻松惬意的日子。实际上，打从结婚起，每逢过年，我就没正正经经在家待过，通常是在工作岗位上。其实，我也明白，这样拼命工作的负面作用很大。一家人安安稳稳过节日的时间极少，夫妻之间、父子之间离多聚少，多少有些生疏。

身体上的燥热难以消退，心里就有些怪怨王副所长的电话早不来晚不来，偏偏是这个时候来，完全是个倒霉催的！

车外下起了小雨，车窗玻璃被雨水淋湿，上面一道道的水迹像蚯蚓一样爬过。我抬眼再看汽车上的时钟，指针已经指向晚上七点，我陡感伤悲，心道，好不容易打算一家人一起吃个年夜饭，自己完全可以放松一下，却未料现如今又得赶回案发现场，真是倒霉透顶了。

我走进餐厅时，远远看见妻子和儿子坐在靠窗的一张餐桌边，那里能看到窗外的街道。方方正正的餐桌上铺着喜庆的红色桌布，点着蜡烛，摆放着一枝塑料质地的花，显得颇有情调和过年的气氛。

我感到血往上涌，心里咚咚直跳，我想我还是应该把实情直接跟他们说了。

见我走进餐厅，妻子和儿子高兴地站了起来。我脱下外套，走到餐桌边，将自己的衣服和他俩的放在一起。

我看到妻子和儿子还在微笑，就说："我刚才在路上接到单位的电话，我马上得走，你们娘儿俩自己吃吧！"

妻子站在桌子的边缘，无言地注视着我的脸，抑或是盯着我的眼睛，她的眼里浮现出极为复杂的光，嘴唇动了动，欲言又止，之后眨了几下，静静合上了眼皮，双手整齐地拉了拉衣服下摆，跺了跺脚，拉扯了一下衣服的领子，再次抬眼看我。

站在我的角度去看，她似乎难以做出决定，犹豫再三，她还是轻轻点了下头，表示同意。

这个时候，服务员开始将菜慢慢送上来。我注意到，那些菜分量不大，但做得都比较讲究，都是一些过年的菜，简简单单。看来，我是没有口福了。

我出发的时候，妻子正露出微笑，以非常理解的表情看着我。我看见皱纹已经爬到了她的脸上，从她的眼角放射出去，在她的额头舒展开来。我也微笑了，是非常不自然的那一种。

后来，我望到了餐厅的窗外。

窗外是深圳冬天的景色，天空里没有一丝光，显得有些苍白沉闷。几幢公寓楼房因为陈旧而变得灰暗，楼房那些窗户上所挂出的衣物，让人觉得十分杂乱。我定神看着它们，感受到生活的消极和内心的疲惫。餐厅外面的道路上布满了经过风雨之后的落叶，落叶在风中滑动着到处乱飘，而那些树木则依然坚挺地伸向空中。

我回到车子里，一下子失去了所有的话语和应有的思维。透过车前玻璃望着外面，我的车头前几米远的地面如同被齐整整地切去的蛋糕，黄色的斑马线和灰色的路面在我的眼前模糊不清，而横亘着黑暗的天宇、海和城市夜景使我的脑袋十分茫然。我的身体前倾，思维有些混乱，双手搭在方向盘上，身体僵硬，纹丝不动地盯着空中的某一点。夹在指尖的没有点火的香烟，白纸晃动，其端头在空间不断勾勒出若干复杂而又无意义的图形。

相对说来，我的妻子虽然不属于社交型性格，但是，她是一个有主见和善于独立思考的人。在警察的妻子或者女友当中，这种类型的女性很多。她们往往在社交场所看上去老老实实的，见了陌生人话语也不是特别的多或者会去主动搭讪，但脑袋瓜儿很好使，主意很多，思考问题时反应也是极为迅速的。她们识大体，懂进退，勤于思考，机灵。与此同时，她们在某种程度上也希望被人认可。

被人认可是需要一个稳定并且可以依靠的家庭生活圈子的。而那种环境基本上是我所无法提供的。从主观上讲，我打内心是非常愿意提供的。但是，我长年累月在值班备勤或者出差在外，又不是每一件事情都可以原汁原味地向她解释得清楚。

多数情况下，在妻子和儿子需要我的时候，我却在别的更加需要我的人群中脱不开身，因此，她每每同要好的女性朋友们在哪里吃饭，或者下班以后和同事们去逛街，也就养成了不需要我陪伴的生活习惯。

对于她这样单独行动，我从来都是不过问的，她一个人常常乐在其中。对于她的单独留守在家，我和她从来都没有彼此抱怨过。她的这种宽容的态度，或者说是淡漠的对待，可能反倒鼓励过我，让我更加安心地工作。

在日常生活上，我俩的兴趣和行动一致的时候似乎很少很少。但在最初的婚姻生活中，我感觉到我们充分地理解了对方，包容对方的某些让人难以忍受的性格和职业习惯，尊重各自的社交方式和待人接物的生活态度，从而使我们的健康的婚姻生活维持了三十多年。

作为从计划经济时期走过来的一对夫妻，我们的这种相处模式或许是十分罕见的。一般人对于我们这种夫妻性格差异极大的生活方式并不看好，也无法理解，而我们在婚姻生活里却过得怡然自得，游刃有余，春风得意。

早年，居住的环境不是特别好，一家人紧紧地挤在一起。家人之间在睡觉之前往往会认认真真说很多的话，进行有条有理的沟通。在筒子楼那相对狭小的空间里，躺在一张床上，无论夏天冬天两人都能在睡觉前说说话，你的我的别人的，家里家外的，百说不厌。我们尤其喜欢说亲戚和朋友间的趣闻逸事，不时交换各自对于此类事情的看法。多数时候，我们相互间都能够达成一致。

　　当然，我这样说，不是对于妻子的某些异常举动心安理得地、无原则地、没有底线地去接受。我只是把婚姻生活中自己的职责，特别是将沉默寡言的辅助性伙伴的职责看作我对婚姻生活的妥协，好也罢不好也罢，我都能完整地接受下来。可是，她完全有可能不是这样想的。她有她的处理人际关系的原则和要求。对于她来说，同我的婚姻生活未必是她愿望的终结点，有可能的话，可能是一个临时的精神安慰之处和过渡吧。毕竟，我隐隐约约地感觉到在我的身边有另外一个存在，而且，我的这种感觉如影随形，对我的婚姻生活构成了潜在的威胁。那么，究竟是什么呢？对此，我一无所知，也不想知道。

我们还不够好

　　曾经，有很多次，我在从事警察这个职业中几乎被各种复杂的困惑所淹没。然而，只要我牵起妻子和儿子的手，一家人在深圳嘈杂的大街小巷里行走，阳光温暖地晒在我们的身上，望着一栋栋高高耸立入云的超高层大厦，我的心情又会重新回到孩提时代那种自由自在的感觉，仿佛我的希望和志向可以直接碰触到天空的边缘，一切在我的眼中都变得渺小了。那个时候，我立即意识到，夫妻之间的那种所谓的潜在的威胁，完全是我的一种病态的臆想。

我想，我的家庭之所以稳定，是因为有一种与生俱来的亲情在起着决定性的作用。每一个人内心深处都有着对这种亲情的渴望和对可贵良善品质的企盼，作为自然人，警察没有丝毫的例外。我和其他从事警察工作的同事一样，也拥有着尘世间一个平凡父亲对于儿子的最为深切的关注担忧、爱怜温情、企盼依仗和牵挂思念。这应该不是什么大道理，而是一个普通男人的基本人性。

我总是感觉到，在妻子、孩子、亲属或者朋友面前我都不够好，总感觉欠着他们一份东西。有时候，我总想知道那些欠下的东西具体是什么。然而，我左思右想总也想不明白。很多事情，越是解释，越是说不清道不明。特别是在如何还回那份亏欠的时候，我显得特别地无助，挺烦心的。

如果我们的社会和我们警察的亲属不理解我们的这一使命，我们的感情生活就如同一盏枯灯，还没等到有人去吹的时候，就已经黯然熄灭了。

想到这里，我突然意识到自己已经没有这些胡思乱想的时间了。

在回派出所的路上，我加快了车速。听着车轮在城市的街道上滚动撞击，看着路人的身影从我的车窗边掠过，我忽然有些沉醉和梦幻的感觉。

我开车行进在大街上。天已经完全黑透了，街道上飘满了落叶，我听到了汽车轮子碾压在路面上的沙沙的断裂声响，透过倒车镜，借着街灯，我看见汽车驶过时有许多的落叶开始旋转起来。

在如此陷入沉思的时间里，我已驱车跑出很远。冬夜的深圳还是那样热闹喧哗，灯火闪烁，倒映在海湾中的灯光与停泊在海面上船舶的灯光混杂在一起，被懒懒的波涛搅碎了。

一走进派出所，我就闻到了一股浓重不安的气息。不是那种在大街上飘扬和席卷的暴风雨般的压抑，而是日积月累后的紧张气息，压迫着我的肺叶，使我心里发沉。

辖区民警何凡伟也刚好赶到派出所，他将背在肩上的牛皮背包扔进沙发，走到窗前扯开像帆布一样厚的窗帘。室外灯光璀璨，光线一下子直射我的眼睛，我使劲眯缝起眼睛，感到灰尘掉落下来时不是纷纷扬扬，倒像是蒙蒙细雨了。

半个小时以后，我、王副所长和何凡伟带着十几个民警，开着三部汽车赶到了现场。我们的车停在一个十分阔气而且崭新的住宅区旁。我先从车里出来，把所有参战的警察集中起来。

为了不引起嫌疑人的注意，我们都穿着便衣，步行至那栋废弃的别墅。而别墅所在的位置，恰好在一个山丘的后面，我们只能分批次步行翻过山丘。

何凡伟年纪虽然大了一点，但由于长期坚持锻炼，身体很矫健敏捷，脚步也快，而且对我们派出所辖区的大街小巷了如指掌。为走近路，他引领我们，爬上又暗又窄的城中村农民房的阶梯，侧身从楼房间隙跳跃穿过，迈过壕沟，吆喝一两声在城中村转悠叫嚷的流浪狗。

何凡伟那厚实的背影如同寻觅归宿的急匆匆的魂灵一般在都市小巷间快速移行。我很吃力地跟在后面，有些上气不接下气。为了防止他倏忽在我的眼前消失，我顾不上脚下，只顾着朝前奔跑。跟着跟着，逐渐气喘吁吁，身上和腋下渗出汗来。何凡伟一次也没回头看我们是否尾随其后，只顾自己一个劲地朝前奔走。

我跟随着何凡伟的身影，沿那里的路踽踽独行。眼前的路称之为路或许有些勉强，大概是民工们种树时无意之中踩踏出的自然通道。

刚刚下了一场大雨，正是因为这场雨水，我们行走起来特别困难。树林里半个小时前下了雨，颇有速度和冲力的水流便急剧地洗去了泥土和灰尘，卷走了杂草和腐烂的树叶，露出清晰的树根。水流一旦遇上巨石就绕弯而下，汇集成一小股水流，朝着山下急冲而去。雨停水息之后，山间流过水的地方立即成为干涸的河床。但是，里面是泥泞的，水和草牵绊着我的双脚。

那种路径大多为杂草和荔枝树的枯枝所覆盖，钻来钻去，确定不了方向，稍不注意就迷失在山林之中。有的地方坡很陡，偶尔露出的岩石光秃秃的，必须手抓树根或者藤枝才能攀登上去。

"这完全像乡下的夜晚。"我说。

跟在我身后的王副所长眯细眼睛，嘴角漾出笑意。

他说："过几年，这里一旦开发，就一定是个山清水秀的高尚住宅区了。"

"犯罪嫌疑人也真是会选，怎么会把孩子关在这种地方？"我问。

王副所长对我说："他们也是有反侦查意识的。您想想，如果我们从正面突击的话，走任何一条道路都会被他们发现。我们了解到，被绑架者的家庭很是富有，就是说，家里很有钱反而成为犯罪分子的饵料了。"

"正是。现在看来，这帮人盯住这个孩子很久了，或许可以说这孩子成了真正的冤大头，有钱人也有有钱人的难处。一旦那帮家伙如同饿狼一样扑食上来，很快会被敲骨吸髓，一开口就是大块的肉，听说要价一百万呢，真是要榨干这个家庭最后一滴血。况且，有钱人家的公子哥儿，"我接着说，"这么说不大合适，但他们多多少少缺乏防人之心。"

"你为此担忧？"王副所长叹了一口气说，"怕犯罪嫌疑人撕票？"

我摇了摇头，没有回答。其实，他说出了我的心里话，撕票，是的，这正是我所担心的。

"说白啦，所长，快一点，您跟在我后面上来。"何凡伟扭头对我说。

"如果对方有杀伤性武器怎么办？还是我走在前头更好吧。"我担心地说。

"不。还是我走在前面，说白啦，这里我熟悉。"这是何凡伟的辖区，他熟悉环境，必须由他先爬上去。

楼梯冷冰冰的。我想，被绑架的孩子所在的别墅是一个烂尾楼，周边是垃圾堆，没有通水通电，在夜里方向不是很明确，恐怕我还是应该亲自确认一下为好。我站住，从较高的地方向四周观察，感觉何凡伟带的路没有错。这里几乎是小区最为中心的位置，但却是一个被抛弃的、被遗忘的场所，是一处不折不扣的被人忽略的角落。

"大家注意一下，这就是那个别墅所在的地方。"我环顾四周，对全部参战民警说道。

何凡伟点头，说："说白啦，假如这里没有出口，我们就必须从正门进去。"

"如果是那样的话，抓捕工作会有更多的不确定性。"我说。

何凡伟在黑暗中寻找别墅门前的一个岔路，然后朝着我打了一个手势。我明白，这里已经是行动的最佳位置了。我们只能在别墅门外等待时机实施抓捕了。站在这气派的住宅区旁，看着贴在墙上的白色墙砖和屋顶的不锈钢装饰，再看看四周的楼房，我感觉到那些住宅区的楼房看上去十分灰暗，看来，小区的用电是从城中村接过来的。

稍微远处的城中村的电线在楼房之间杂乱地来来去去，不远处的垃圾桶竟然倒在了地上，我看到一个人刚好将垃圾倒在桶上，然后一转身从容不迫地离去。走近垃圾桶，我仔细看了看，弃置的褪色的塑料袋，袋子里都是一些吃剩下的盒饭，遍地散乱的饮料瓶和啤酒罐，到处粘着白花花的餐巾纸。

我站在那里，重新思考着刚才那人倒垃圾的情景。我对身边的何凡伟和王副所长说："这人很怪的，一个人扔掉那么多的盒饭。一定是有一帮人生活在一起，因为某种原因不愿意出门。"

王副所长弯下腰，双手在垃圾桶里艰难地翻捡着。冬天的寒风吹在他的脸上，让他的脸上显现出特有的潮湿的青黄色。我呵出了热气，又吸进别人吐出的热气，走到住宅区的铁栅栏旁，把胳膊架上去，伸长了脖子向四处眺望，寻找着刚才那个倒垃圾的人。

我在那里站了十来分钟，就发现自己来到了一个社区生活很丰富的地方。我爬到铁栅栏上，隔着山丘，差不多同时看到了十多个中老年妇女，她们正在跳广场舞，在拥挤的人群里晃动着，犹如漂浮在水面上的胡萝卜。

我在前面提起过，由于长期跟犯罪嫌疑人打交道，在观察犯罪嫌疑人的蛛丝马迹的时候，对其思维路径的预测，我的潜意识中的第一反应通常是对的。我承认我有这方面的特质。

站在已经荒弃的别墅门口，我细心地观察四周。

大约过了很长时间，也许是五分钟，也许是一个小时，也许是过去了整整两个小时，还可能是时间早已静止不动。关于时间，我又懂得什么呢？或许，眼前的一秒钟就是一生一世吧？

一切都会好起来

这个时候，我注意到了一个男人，一个正在低头走过来的男人。他缩着脖子走来，一只手捏住自己的衣领。他时时把头抬起来观察四周，手里夹着香烟，吸烟时头会迅速低下去，在头抬起来之前他就把烟吐出来了。这个人黄头发，五短身材，行走的时候脑袋朝下。我希望这个男人就是那个倒垃圾的人。我居然没有猜错，就是他。

这个是同伙，是望风的人。毫无疑问，他也正在观察我们。我前面提到过，在办案过程中，在很多情况下，我凭直觉就能感觉到问题出在什么地方。至少，在某种能力上得天独厚。当然，我的能力是非常有限的，而有限的能力也无疑是一种能力。所以，我在侦查办案期间竭尽全力展现这方面的才干，总是想证明自己能做什么、能做到什么地步。

那人看到我们，立刻将香烟扔到地上，用脚踩了上去，突然撒腿就跑。长期在警营中生活，势必养成多种习惯：盯视各样东西，有时自言自语，在静下心来观察一个安静的环境的时候，对可疑的人和物"情有独钟"，而且会毫不迟疑地锁定目标。

此时此刻，王副所长赶了上去，一把按住那个正在逃跑的人。接下来，我们跟着那个人冲进了废弃的别墅。进门的一刹那，我的眼前一片混乱：家具散乱地放置着，床、茶叶罐、茶几、沙发、啤酒杯、椅子、电视机、餐巾纸、落地灯，杂乱无章，显得很不谐调。

房间的气味一如一股房间久闭不开的气味。空气沉淀浑浊，有变质饭菜的味道，夹杂着发霉气息。破旧的沙发上有几个废弃的烟灰盒，电视机前椅子上和餐桌旁边的所有物件都是乱糟糟的。餐桌上堆满了一次性餐具。

我冲进室内的时候，猛然吸了一口污浊的气息，头隐隐作痛，似乎一声巨响引起的脑弦震颤，于是，我努力稳住身子。

恍惚间，最远处笼罩在淡影中的椅子上仿佛有什么在动。我凝目细看，但见那人已悄然站起，带着那种"咯噔咯噔"的脚步声朝我这边走来。是那个被绑架的小男孩的脚步声。

这个时候，我看到一个男孩站在我的面前。在那一阵打斗过去之后，我清晰地看见了这个他。他背着书包，黑亮的眼睛正注视着我。他已经认清了我们就是警察，并慢慢地向我走来。他的两条手臂闲荡着，他的头颅在瘦小的身体上面显得很大。

有几个警察走过来。他们荷枪实弹，押着四个绑架勒索犯罪嫌疑人，朝小区外走去。

我收回了自己的目光，看见我身边被解救的这个穿着学生制服的十二岁男孩。他已经站起，走进警用手电筒笔直射进的灯光光柱之中，纹丝不动地伫立在那里。在刺眼的光尘之中，他的身体看上去似乎即将分解消失。

他背起了书包，把一只手放在我的腰上。这一次，男孩的身体跟我的相互紧靠着。他黑亮的眼睛再一次注视着我，目光在我脸上停了大约两三秒钟，然后极其轻微地漾出笑意。有可能，他不一定是在微笑，其实，说不定仅仅是嘴角的颤动，不过，在我看来，的的确确是在朝我微笑。他的脸上饱含着对我的信任。于是，我不由得怦然心动，觉得自己似乎被他一眼选中了。有了这种信任，我感到满足，一股温暖的、柔软的东西将我包裹住了。小男孩把我的手握得更紧。我在这个时候有了一种从未体验过的奇妙的心灵震颤，仿佛身体离开了地面飞腾起来，我十分地自豪。

男孩仔细打量了我以后，抬起头来，他对我说："警察叔叔，我饿了。"

"我们一起回派出所，一起吃年夜饭！"

说完这些，我也打量他。这个男孩虽然被这个绑架团伙关了几天，浑身上下又脏又乱，但身上似乎有一种气质，既无恐惧感，又无伤心委屈的神态，只是以一种不亢不卑的态度看着眼前所发生的一切，就像从超高层楼房的窗口俯视整个深圳市的夜景一样。

我手扶着这个小男孩的肩膀，心想，不，任何事情都有发生的可能。这个世界既脆弱又危险，所有事情的发生都很容易。但是，这一切都不应该发生在一个只有十二岁的孩子身上。我挽住他的肩膀，再一次说："咱们走吧，回派出所，食堂有饭吃。"

在我的眼前，一队警察来到了我和小男孩的周围。

所有人脸上终于浮现出可以称之为表情的表情。男孩看着我的脸，看了十至十五秒。他此刻也变成了一个没有表情的孩子。刚才他脸上的微笑烟消云散了，只有眼神和唇形的些许变化。嘴唇略略噘起，眼睛敏锐地忽闪着，透出灵气和生机。这双眼睛使我想起夏日的光照，那在夏日里尖锐地刺入水中而又摇曳着闪闪散开的光照。

"这两天害怕吗？"我说。

"怕！"说罢，他躬身下车。我目送着他尚未长成的、瘦弱的背影，不由得十分伤感，颇有失去什么可贵东西的意味。

夜晚的街市如同缀满了夜光虫的海流，奔泻而去。这个时候，我心中的什么东西在黑暗中游移了一段时间，而后消失了，犹如蜡烛吹灭后升起的一丝白烟。所有这一切，都是那样令人不胜依依。我闭起眼睛，想象夜色中静静飘舞的细雨，心头涌起一缕缱绻的柔情。

那消失的东西究竟是什么呢？我想不起来，继之而来的是沉默。我们的这个社会如果是一个人的身体的话，一层层剥去外皮后到底还有什么剩下的，对此我一点也不知道。我只是知道孩子的呼救声从我的生活中倏然远逝，所有的抓捕和解救行动都非常成功。孩子在派出所的食堂吃饱饭，又在办公室做完笔录以后由家长领回。

忙完了这一切，空落落的心情已经消失了。我有了一种从未有过的轻松。一年中的夜晚与白天数量相同、持续时间一样长。即使快乐的生活也有其阴暗的笔触，没有悲哀提供平衡，幸福一词就会失去意义。耐心、温和、镇静地接受世事变迁，是最好的为警处事之道。

此时此刻，我比任何时候都希望与妻子和儿子团聚。哪怕只是说说心里话也行。我拿起电话，犹犹豫豫，踟蹰良久，又默默地放下电话，还是让他们娘儿俩多睡一会儿吧。

也许对于某些人来说，有个能说说话的人，比金钱更重要。亲情，仪式感，节假日的团聚，对于我和我的家庭已经是奢侈品了。转念一想，与人交往，满眼都是由失望直至绝望，这又何尝不是一种莫大的悲哀。随之而来当然是一阵折磨人的难以忍受的独处的愿望。只有在忙于工作时，我才能把某些缠绕着我们的事情的来龙去脉想清楚，进而抛弃那些不必要的烦恼。

恰好此时，阳光暖融融地透过窗子，洒进我的办公室，刺伤了我的眼睛。虽然我通宵未眠，但内心十分安逸，我似乎感觉到，自己无意之中钻进一个有些恐怖的山洞，却忽然发现眼前满是金光灿灿的黄金珠宝。我被阳光照得清醒了，睁眼看到窗外明晃晃的太阳。我想，这应该是大年初一的太阳，是新年的曙光。

我重新漫不经心地在街上兜了一圈，尔后返回派出所备勤室，这也是我的临时住处。整个备勤室显得格外空荡，临街传来嘈杂的叫卖声。想着一些乱七八糟的东西，不知不觉倒在床上，头半靠在枕头上，眼睛望着天花板。我的这种心态完全可以被称之为失落感吧。我把这三个字说了出来，发觉这三个字并不令人欣赏。只是，我的声音在这空空的房间里朗朗地荡漾开来。

其他参战的警察都睡得很香，沉重的鼾声从隔壁间传来。

于是，在等待进入睡眠状态的这一个时间段里，我一直眼望天花板，一直活在慢悠悠的时间里，竟感觉天花板是个独立的、虚空的、没有现实感的世界，仿佛走去那里，便可进入一个与此处不同的天地，一个价值观念相反、黑白不分、上下颠倒的世界里。

从事警察工作，从社会角度来看，一般人认为从事这项工作的绝不是专业性特别强的人，绝不是游离于社会主流的地方生活的人们。可是我们的确自成一统，有不同于他人的个人价值观和生活工作环境。

在这个意义上，我们保有一贯性，也能根据情况让自己成为这个社会中维护法制的强者。我所具有的大体是这样的生活方式、这样的价值观。我们这个类型的人在人生旅途中个人所经过的人与事和我们视野中的这个世界的形态都是相通的。

我们没有现实生活，或者说，我们的现实生活已经板结了，成了一个了无生趣的密闭的空间。怎么说呢，有的只能用一种幻觉去安抚自己的思绪。我的思绪只是空中飘浮的幻觉，轻飘飘的，如同柳絮飘荡，漫天飞舞。同事们的名字无非是幻觉的一种并不恰当、不合时宜的代号，所以我们在相处的过程中，尽可能尊重对方的幻觉。对此，我们当然是心知肚明的。

我这人一辈子就是觉得上天对我格外恩宠，幸运的事情都被我碰上了，例如几十年从事警察的工作，在一个极端复杂而且严峻残酷的环境里，我没有任何大的伤残，也没有其他的重大疾病或者职业病。现在想来，我个人对于自己的生活没有什么不满意的地方。仅仅就此而言，我无疑是一名非常幸运的老警察。

守夜的人

因为年龄，我已经从警察的岗位上退休。这意味着什么呢？我想，大概是可以暂时卸下责任和压力，可以坦然面对自己最为柔软和脆弱的地方；大概是俗世中那一份难得的"家人闲坐，灯火可亲"；大概是有人等、有饭吃、有茶喝的再简单不过的幸福。

当然，有的退休警察告诉我，退休以后自己会变成一个很无聊的人，已经没有人需要自己了，也可以说是一个无用的人。

我对这句话并不完全赞同。因为，我从未觉得同自己打交道会是一件非常辛苦的事情，也许，这意味着一场新的挑战吧。但是，在我人生此后的每分每秒之中，终将会毫无选择地面对我自己，面对自己的内心。

不久前，我的右眼已经永久性地失明了。眼疾没有击倒我，反而让我庆幸我的余生还有一只左眼，这是对我进入退休状态的最高奖赏。

就整体状况而言，直到接近退休，我的身体还算是健康的，能够享受属于自己的正常人的生活。晚年来了，上天还给我一份珍贵的礼物——尚且健康的体魄。这是我个人获得的额外的奖励，余生足矣。

回头想想，历经多年的坎坷，做了一份危险系数极高的工作，没有大的伤亡，没有缺胳膊少腿，我已经很知足了。因为我的人生太过幸运，所以让我的一只眼睛提前休息。我感觉，上天给予我的一切与我对上天的回报之间是极其不平衡的：我的奉献少得可怜而给予我的奖励竟然如此丰厚。现在，我瞎一只眼睛也是面对这种过度馈赠的一种补偿吧。

我在警队里虽然朋友不多，但是，彼此都是很真诚地相处的。对于自己究竟是哪种类型的人的问题，一个时期以来，我经过再三思考，而且是相当认真地进行深度的思考，得出的结论是：如果去掉曾经的警察身份以及由此而派生的能力、教训和经历，如果在人生的暮年有了闲暇，进入一种舒适的生活环境，不附加任何说明和条件，就将一个赤裸的我放逐到这个世界上的话，此时此地的我，就是一个再普通不过的俗物，也是一粒幸福的尘埃。

回头想想，干警察这个职业已经几十年了，我想我是尽力了，我的家庭也尽力了。一辈子跟犯罪分子打交道，我以为，依靠无休止地相互残杀，是永远也无法带来我们这个社会的长治久安的，唯有切实建立全社会共识的共同底线、责任明确的规矩，才是维护人民群众安全感的最佳方式。

也许，进入花甲之年是一道分水岭，即在年龄上上升了一个档次。退休了，过去不能做到的事变得能够做到了，过去未能了却的心愿可以了却了。不用说，这是一件好事，一身轻松，可喜可贺。即便是上了年纪也没有什么可怕的。我怕的是本应在某一时期完成什么任务而最后不了了之，而这并非奈何不得的事。但同时我又这样想：作为一种平静生活的交换条件，说不定以前以为可以轻易做到的事会变得无能为力了。

由于在基层警队中当过"头儿"，长年累月跟基层民警在一起生活和工作，我在平时的工作中注意尊重和了解每一名警察，他们中间有遇到什么家庭问题我都会问候，至少，要把我的关切的信息传递过去。遇到他们的子女上学，年迈的父母就医，我都会主动利用一些资源帮帮忙。

一开始做这些事感觉有点刻意，但时间长了，在帮助了别人之后我真正感受到了从未有过的快乐。与此同时，我开始尽最大努力让基层警察少加班加点，常常顶住社会治安方面的压力，尽量让大家有一个喘息的机会。

我逐渐领悟到，对基层警察的"头儿"而言，工作和付出是我眼前亟须解决的问题。对于一个普通家庭而言，家庭、孩子就是父亲和母亲的整个世界。每个人的理念、生活态度、精力、人生信条、家庭观念是不同的，不能以自己的工作能量与激情去要求每一个民警。我们这个世界需要奔跑的人，也需要在路边鼓掌的人，每个人都有选择自己生活理念与形式的基本权利，这是每个人的天赋权利，作为一个相对强势的"头儿"，更要理解这种选择的自由，发自内心地去体谅和尊重在基层工作的警察。

他们首先是一个普通人，其次才是一个警察。正因为他们也是普通人，当然也应该有自己的普通人的生活。要恋爱，要养育自己的孩子，要送孩子上学，要辅导孩子高考，要照顾年迈的父母，要交朋结友，不可能也不应该把所有的时间都交给工作。

一名警察在生活中最容易感到失败的，通常是在家庭关系的处理上。一般人认为，我为你付出了一切，你要爱我。但家庭成员间想要亲密无间，最重要的是真实。只有真实的碰撞，才能促进彼此的信赖和靠近。而警察在家庭生活中是很难真实的，因为他们必须保守工作秘密，面临危险时又不可能让家人知晓并替自己分担危险。一旦有自己真实的情绪，就必须掩饰。这导致他们有一个防御性想法：真实的我是无法向家人展示的，是不该被爱的；如果想得到爱，我必须摒弃真实的自己，成为一个虚假、付出、封闭的人。然而，当他们越这样做，离真实就越远，也就很难跟家人亲近。所以要切记，想维护一个好的家庭关系，真实比付出重要，甚至重要一百倍。当然，每一个警察都希望在人生的某个地方，有一个温暖的家在等待着自己。我深信我们都可以到达那里，只是有时候，需要花上一点时间和耐心。只要心怀希望，温暖就一直等着我和我们，一切就皆有可能。

警察的工作性质虽然独特，但警察并不是一个例外的群体。他们也有自己的喜怒哀乐，有自己的私人领域，有自己的烦恼和苦闷。作为基层的"头儿"，压力再大，委屈再多，都不应该让我们的基层警察放弃生活中的快乐而完全地投入紧张的工作之中。我是真心地这样认为的，也是义无反顾地这样做的。基层警队并没有因此而衰退和丧失战斗力，群众也并没有因此而不满。恰恰相反，我感觉到有一种无形的力量，一直无私地支撑着我这个基层警察的"头儿"的胆气，每每让我临危不惧，沉着应对各种急难险重的复杂局面，从而使我们的警队的形象更加鲜活，更加有力量。因为有基层警察的无私支持，我自己心情也是越来越宁静，没有情绪的大起大落或暴怒；在工作中，我找到了从警以来，从未有过的强大、笃定、沉稳、自信、自律与安宁。

刚进入警队的时候，你可能痛恨周围的有形和无形的纪律，如同高墙，挡住了你正常生活的道路和去处；平淡日子里的成年人，在家和上班的地方之间来回穿梭，麻木的两点一线，日复一日，年复一年，如同复印机，重复着生活中的点点滴滴。日子久了，我开始安之若素，甘之如饴。我已经习惯了这样的日复一日。最终，我发现自己不得不依靠周围的这样的一切而生存。这就叫心理上的路径依赖。归根结底，我意识到在今后的中国社会中，个人的身体和精神必须变得足够强大。

我当警察的这几十年，明显地感觉到公安机关虽然聚集了许多优秀的人才，但是，如果不通过实战和不断地训练，是无法发展成为地地道道的纪律部队的。只有不断地培养、试错和训练，在面临重特大案件的时候，现场指挥人员才会变得冷静、理性。

警察的工作是在一个神奇的时刻守护着这个社会的安宁。而我的工作，正好是见证这个社会日新月异的变化，看着人们如常的生活，并且提出新的解决社会问题的办法，用新的工作模式解决治安问题。

我们一直都小心翼翼地守护着、坚定不移地坚守着自己的信念。干警察这一行，无论能力多强，意志有多坚定，想获得成功的想法多么强烈，没有足够强大的信念支撑，都将一事无成。

我一直笃信这个信条。因为我们的信仰也是人生的残酷真相。面临现实问题时，必须重新思考生活，把沉闷乏味的人生剖开了给自己看。在我们这些警察的人生当中，有许多无论我是否想做都必须得做的事情，这就是我们肩负的责任；生命中还有许多我们想做，却必须控制自己不去做的事情，这就是我们作为警察的使命。

我非常欣赏"岁月静好"这四个字。在一个最美的人间晴天里，在阳光普照的太阳棚下，用上好的矿泉水，泡上一壶清茶，与妻儿一起，看杏花微雨，看孩子们喧闹，听风起鸟鸣，赏日出日落，闻暗香纷飞。可是，当一切都充满不确定性，没有预期的时候，当一切都随时难辨真伪，当人们心中充满愚昧与仇恨，即使有眼前美景，也难以有既长且久的岁月静好，每个不停输出仇恨的人，表面上暂时有了快感，但最终仇恨会反噬他们，覆巢之下，没有完卵。

我觉得，无论何种社会，无论在社会的任何时段，都会存在各种可预期和不可预期的问题，但这并不构成一个警察放弃、逃避法定责任的理由。

在许多情况下，我这个警察队伍中的一个分子，在夜晚入睡前，只要闭起眼睛便假想幼小的自己在童年时期，在家乡的屋顶上空缓缓飞行，俯瞰一排排邻居的屋顶和街灯。那是一个被人间烟火覆盖的静谧的世界，一股暖流袭击了我，让我的想象重新回到孩子般奇异的平静的世界，仿佛可以直接抓住天空中昙花一现的彩虹的翅膀。我有了一种飞进了幸福的、温柔的家人怀抱的感觉。

退休以后，虽然我得到了自认为的自由，但我心灵的自由早已属于警队了。对于我和我们这些在警队生活过的人而言，生活没有改变，未来的日子依旧凝固着我们的青春热血。退休以后，我感觉自己依然是一名警察，我仍然是这个崭新的世界的一部分，是一个普通人，没有什么特别的。面对家人，我的内心虽然不安，充满歉意，但我自豪地认为我没有辜负这个时代。

现在，我借用英国大文豪查尔斯·狄更斯在《双城记》里的一句话作为本文的结尾："我今日所做的事远比我往日的所作所为更好，更好；我今日将享受的安息远比我所知的一切更好，更好。"

2021 年 9 月 3 日第一稿于深圳龙岗
2021 年 11 月 19 日第二稿于深圳福田

风吹稻花香

寂寥无声

1969 年的秋冬之交，连绵数日的阴雨，在某一个晚上突然停了。从窗口朝外望去，整个农场的大街小巷都吸够了雨水，吸得整个地面都松松软软的，满是泥泞。朝阳把刚刚开始发亮的天空变成了不可思议的颜色，蓝白色交织，阴凉，明亮。而天空反射回来的光线又把房间染成完全不同的各种色调。

父亲套一件军绿色的雨衣，走出家门。泥泞的道路上到处都是静止的水洼，黄黑色的光斑无限伸展开去。通往场部的道路上弥漫着一股雨后的充满腥味的潮气。雨暂时停了，但是，从大别山上奔腾而泄的洪水却来势凶猛。

举水河河堤已经脆弱不堪。河堤两岸一排排的防护林，湿淋淋的。微风一吹，细小的水珠从绿叶尖齐齐落下来，哗啦啦响声一片，变成橙黄色的雨水涌进了举水河，顺着举水河的河床向长江奔流而去。

父亲出门之前告诉我，全农场的人都要上举水河修堤，母亲和哥哥姐姐已经上河堤了。天没亮时，他们就已经到达了集结地点。父亲征求我的意见，是跟他一起上河堤还是一个人锁在家里？我答应说想留在家里。父亲说，他会锁上家门的，我能够一个人在家里待上一整天吗？

我硬着头皮说，我能行。

我很听话，是一个乖孩子，是一个善良却无头脑，快乐、自大的孩子。这的确让父母省心，又容易被父母亲忽略。父亲和母亲共同决定将我一个人锁在家里，这是他们对我安全上的考虑，担心我一个人外出会遭遇不测。但是，当父亲真的把我锁在家里去了修堤工地的时候，我就彻底后悔了。

那年我七岁，一个人被锁在密闭的家里，突然间失去了行动的自由，失去了依靠。那种感觉，我只能称之为恐惧，不能称之为寂寞。按照那个年龄段我的心智，我当然不懂得什么是孤独和寂寞，更加不懂得什么是向内求索。父亲刚刚离开没有多久，我就开始沉浸在焦躁不安之中，一分一秒地熬着时间。

早晨倏忽过去，满含湿气的朝阳压向四周。接着是中午，窗外的太阳隐没进了云层，湿气转眼间又变成了雾气。肚子饿了，我把臂肘探出我家的窗口，看看有无路过的人，寻求一点帮助。

那天也是奇了，沿街无人。家里唯一通向外面的通道是鸡笼朝外开的一个细小的口子，方便家养的鸡进出。奇妙的事情出现了，我居然在鸡笼里找到了一枚刚刚生下的鸡蛋。我拿了一只白瓷碗，将鸡蛋打在碗里，一口吞下。但是，吃了生鸡蛋以后，肚子反而更感到饥饿。我趴在家里的窗口上，继续漫无目的地张望。

我望眼欲穿，希望父母或者哥哥姐姐早点回家。我朝外不停打望的时候，看见白雾沿着河堤的脚底向西飘移。河堤上是一片的人海，他们都在鼓足干劲劳作。一切都显得黑乎乎的，并且蠢蠢欲动。

我在家中不足二十平方的地方，不知往返走了多少次，而且总是望着同一街区的亮光。有时候，我开始有了种种幻觉：清香的蒸熟的米饭的气息缓缓飘过我的鼻端，消失远去。肚子里有了更加深沉的饥饿感。但是，我只能孤苦伶仃地看着窗外。

那个时候，我不懂得的是有多种多样的憧憬、有多种多样的愁苦、有多种多样的誓言，而最终我的幻觉烟消云散。回头观察土砖结构的我居住的家，土砖墙还是兀立在地面上，就在我的对面。我趴在家里的窗口，盼望父母或者哥哥姐姐早点回家。到了夜晚，水利工地上的人们还在挑灯夜战。我看见了温馨的黄颜色的亮光，从河堤上倾泻而出，我肚子里的饥饿感更加强烈。

看看自己家里的时钟，七时二十分了。平日里，这正是我们家吃罢晚饭融入温煦的时分。肚子里，只是吃了一个生鸡蛋，饥饿感显然已经使我麻木。我双手抱在脑后，闭上眼睛，竭力不去想恐惧的事情。就这样地苦熬着。此时此刻，我的家却像座孤岛，四周寂寥无声。

我精疲力竭，偶尔在长凳上、在土墙边或门旁屋角休息。我可以清晰地听见自己的心脏在激烈地跳动。我将额上的汗擦去，感受着内心充满着死亡的恐惧，又再一次怀着求生的热望继续等待。我双手抱在脑后，闭上眼睛，竭力不去想令我恐惧的事情。我怀抱着一颗温暖的心走进那个黑暗的夜晚，在光明消逝的刹那，寂静降临了，曾经有一个悲凉而又凄惨的故事永远埋藏在了我心中的九州大地之上。想着想着，我就这样睡着了。

家人是晚上九点以后才回家的。母亲将我叫醒，父母不胜怜惜地看着我。一家人，每人一碗热汤面。我将汤面狼吞虎咽，一扫而光。

暗藏的力量

冬天兴修了水利，春末夏初滔天的洪水得到了有效的遏止。到了来年秋天，一连两季，田野上就一直荡漾着稻花的香味。秋风一吹，稻浪翻滚，水田里的动物和植物一起歌唱，如同音乐中金黄色的海洋。

农场的上空出现了袅袅烟雾，二季稻的秧苗都长高了，超过了腿肚子。杨柳也长高了，田野里一片忙碌。农场的工人都在打秧草、施肥、编织草绳，为头季稻的收割做准备。偌大的农场场部这会儿不见一个人影，只隐约传来零星的老人的聊天声和儿童的哭闹声。

已是夏末，头季水稻的稻花早就开了的，刚刚冒出白色的细碎的花瓣，晚开的几朵花，都把自己打开了，懒洋洋地露出青色的嫩芽晒着太阳。那场面我想象得出来：墨水一般黛蓝色的举水河，金光闪闪的骄阳，当然那一带可能有芦苇棚，有垂钓的人，随风起伏的芦苇。

整个田野似乎都刚从极度的亢奋中躺下来，很累了，想要睡了。

我嗅到了一阵阵来自田野的暗香，就像一个姑娘在熟睡中从身体发出来的体香。星罗棋布的水渠，把水灌溉到每一块稻田，这就是冬天兴修水利所获得的回报。

我站在这广袤的田野里，朝前走，一望无际的稻田，瞬间会感到自己已置身于世界之外。我看见一条伸向某种深度的小径，呈现出几何形状伸向我不知道的远方，它包含着深深的诡秘。我慢慢地朝前走着，就像极其深邃的一次旅行。

太阳快要落进田野的西边了，阳光涌进了整条人工河渠。落日并不是慢慢沉入平原的。太阳落入远处隐隐约约的山丘是刹那间的燃烧。我的目光朝远山移动，看见那几条沟渠又回流过来，从关山重重中流来的这样的几条沟渠是极其不可思议的。我知道它的上游有一座深埋在峡谷中的小型水库，流到我们这里却制造了大片大片的稻田，而沟渠却逐渐地变得越来越窄小了，眼前满是涌动的金色的稻田，微风一吹，波浪翻滚，使我仁立的这片田野充满了动感。脚下的一切都涨了起来，轻得一点分量也没有了，如同踏入了一个虚空的世界。这让我感到忐忑不安，不踏实。我看着那虚空，愣愣的满心的迷茫。天地间真的有这样的一片田野吗？我突然感到自己的生命从来没有像现在这样缥缈过。但往稻田里一走，一切又变得真实了。

没有这些小型的水利工程，有了天灾，河水泛滥，被河流带走的东西很多，当然这是指有形的物质财产和命运不济的生命。也有些东西是不会随滔滔不绝的河水一同流逝的，比如说那些与河流有关的文化性格，它会永远留驻在当地人的生命里，孕育了河床上男人那种强悍又血气方刚的气质和女人柔弱的天性。河床上有很多这样的男人和女人。我突然明白我的父亲母亲和哥哥姐姐为什么要在一个冬天里去修堤，为什么把我独自留在家里。

我看见了，那个性情倔强的父亲，他在晚霞密布的天空下扬起一只手臂，他的手陡然颤了一下。他看见这片田野。他和他的同事们在河床两岸堆满了泥土，约束住了狂野的河水。

庸俗不堪

如今，我曾经生活过的故乡，有一个备受年轻人爱恨交加的形象。年轻人渴望融入大都市的生活，大踏步地走向崭新的世界，全盘接受了现代生活价值观的野蛮切入，却又不得不接受来自家乡土地的细如密网的束缚。他们并非真的怨恨家乡怨恨土地，其怨恨之中包含着爱的基因，而是因为理想中关于土地的温馨形象已遭受到涂改而诞生出某种需要宣泄的情绪。其实，爱的基因成为土地的一种变体。

对于那些以打工维持生计的方式来到城市的人们而言，对土地的眷恋则在另一种意义上成为遗忘的记忆。打工者为了生计而不得不离开乡村土地，成为回不去故乡的永久的飘移者。因此，这一个群体对于土地的向往其实包含着一种对于家的呼唤。

我们那一代人的对于土地的情感在社会的飘移中发生了变化。这一切不一定是被物质生活或者别的什么东西所异化和吞噬，而是对于当代的我们这样的一些人来说，谈到真情实感是否是过于奢侈的一件事情。它原本在艰难曲折的人生中也不过是一个组成部分，虽然不可或缺，但绝对不是全部，更因为生活环境的重压而将我们生存的空间压缩到了最小。

改革开放以后，农场的土地被分配到了各家各户，农场的人一夜之间全变成了自耕农。田野里依旧是一片金黄。那是农人们春天在田野播撒的有机肥料经过夏天的阳光照射，粪便的味道加温并冒出了热气，在空中飘散。

虽然我远在深圳，但依然可以想象出农人们的兴奋和激动。尽管有些人的劳动并不出色，而且收获也不一定很好。曾经担任过仓库管理员的罗老头到处向人灌输他的真理。他说："工厂再好迟早也要倒闭，种田的永远不会倒闭。"

多年以后我回到了家乡，在城里的一条胡同口遇见曾经十分熟悉的罗老头时，这个穿着又破又脏棉衣的老头得意扬扬地告诉我，当年兴修的水利现在派上了用场，连续数年没有出现洪涝灾害。

由罗老头的话，我似乎看见时间在流动，是灰色的，没有任何道德意义地流逝。

在那个激变的秋天里，与罗老头的相遇对于我来说是一首悠长的朦胧诗，虚幻，缓慢，缥缈，无知，一切都熟透了，似乎有着某种无法言说的期盼和期盼之后的应验，之后的任何一个秋天都无法与那个秋天相比。

活着的生命

也就是那个秋天，我站在田野里，任微风抚弄着我的头发。我沉浸于对梦幻般的田野的渴望之中，我用迷惑的手将新绿初绽的稻谷半开的嫩芽摘下，将它举到眼前，嗅闻着它，闻到这种稻谷香，从前的一切是那么清晰地浮现在我的眼前。接着，我含住这个小嫩芽仔细地玩味着，咀嚼起来，至今，我还从未用双唇亲吻过半熟的稻谷呢。尝到这种又酸又苦的味道，我突然确切地知悉了此时自己的处境，我的关于童年的所有的一切都回来了。

也正是那个时候，我仿佛看到秋天镜面般的水面，即将成熟的稻谷穗子上的大大小小水珠折射着阳光在与世界对话。当谷物被随心所欲地去表达的时候，我依然看到了活着的生命。田野里每一个生命都是活着的，毫无掩饰的纯洁显得特别高尚，特别有生命力。它与野草共同沐浴阳光，歌唱朝露，膜拜阳光，赞美晚霞，共同守望。

可能是因为童年熟悉这种生活的缘故，我也是习惯透过池塘边闲散着的野草，观察稻穗与茎叶的和合之道，再体会那些自然而然的揖让和邂逅的心灵。

那一切如同充满了阳光的语言，温暖了我的记忆。关于过往的一切显得那么美好。使我知道了自己为什么那么喜欢回忆过去，这是一个美妙的旅程，以光的速度体现了我过去的存在。

过去了的那段光景在现在看来已经很稀罕，同时，又莫名其妙地让我刻骨地怀念，想起这些，我就会感到心安理得。曾经的有机肥弥漫的味道在空中飘拂，我在一开始也没有觉得恶臭难闻，现在依然如故。因为在如今已变成大型大棚蔬菜基地的田地里，孩提时代的我，的确曾经闻到过这种气味。我不知道我对于现代化强加给人类的矛盾了解多少；我更加不知道土地之于人，是一种多么沉重的字眼。我当然也没有因为眼前的光景而沉浸在乡愁中显得傲慢而且自大，那么，我们应该以一个什么样的态度和胸襟去看待这一切呢？

这是我现在的情绪，焦急不安，恐惧不安，睡着了就永远也醒不过来。记忆把我拉回到往昔的秋风里，眼里是一片金黄色。

在幻觉中，我前往的地方是一个想象中的世外桃源，我看到的是孩提时代的我在秋风中奔跑的身影。我总是忧伤地怀念那种过去的生活，不由得心痛过去的那些人和事。

这个时候，微风吹来，空气中有了淡淡的稻花的香味。

2022 年 3 月 8 日于深圳龙岗

孤独却并不寂寞

一种召唤

我在开始从事写作的时候，个人电脑都还没有普及。书写的时候，只能是在格子信纸上一个字一个字地手写，那个年代叫作"爬格子"。

我所使用的是八块钱一支的英雄牌钢笔，是上海生产的那种。笔锋很好，很耐用。上一次墨水，可以写一个星期左右。通常，使用的是蓝色的墨水，需要修改时才用红墨水。写好的文章，经过多次的修改，一般而言，给人的感觉是花花绿绿的，有点像劣质的彩印地图；也有一些比较特殊的情况，那些修改过的痕迹过于明显，曲曲弯弯的，如果从远处看，更像是一面旧墙上布满的蜘蛛网。

如今想起来，那些花花绿绿的、如同蜘蛛网一样的东西，依然历历在目，有了一种非常亲切的感觉。

我每一次动笔写作，心就"扑通扑通"地乱跳，感觉是面临一件决定命运的什么大的事情。除了写作的内容而外，用钢笔在稿纸上写字的好与坏也很重要。书法好不好，某种意义上会直接影响到杂志社编辑对作者的看法。看法好一些的，稿件的录用率就高。如果字迹不好，看不清楚，编辑连看一眼的兴趣都没有，当然就很难录用，一般就会作为废纸扔掉。当然，也有些是直接通过邮局退给作者本人的。

每逢遇见退稿的时候，我难免会心中受伤，异常尴尬，情绪低落。这样的事情多了，日子一长，练就了一张厚脸皮和一颗长出老茧的心脏。见了退回的稿件，往往自嘲地说："又被枪毙了一次。"我是屡败屡战，屡战屡败。最令我感觉到遗憾的是，在屡次的失败中，我学到的东西竟然是那么的少，那么的不尽如人意，似乎总也没有长进。

在不计其数的失败中，我依旧坚持写下去。

夜深时分，白天单位的工作结束以后，我就坐在自家的饭桌前开始写小说。那时候，单位没有分房，住的是筒子楼，就十二个平方，吃饭、看书、学习、接待客人都在床头边上进行。除了晚饭后和睡觉前的那几个小时，我几乎没有可以自由支配的时间和空间。即便是如此，我还是坚持了多年的写作，而写作却是一次次地拯救了我的生活和精神世界。

用现在的眼光看，我那个时候的大多数习作都是凑字数，没有什么新意，更无吸引读者的特点，一部像样的小说也没有写出来。即便好不容易写出一篇，那些绘声绘影、神态活现的特点在我的小说里一点也没有体现。因此，我写出的东西给人的感觉是索然无味，还不如小学生的作业。由于缺乏对感性事物联想的天赋，没有联想的本领，仅仅是作为叙述某些事件和勾勒某些人物肖像的工具，在故事的安排和人物的塑造方面也就好不到哪儿去了。因此，我的作品完全是简单的，粗线条的。我所投送的稿件寄到杂志社的编辑部，遭遇到了完全可以预期的命运：退稿或者是直接扔进垃圾堆里。

当然，我还是会收到一些编辑的退稿信。负责任的编辑会在退稿函件中夹着一封信，除了鼓励我继续写作、勉励我继续努力而外，还指出了我写作中存在的问题和不足之处。

最初那段时间，我对自己的作品，虽然也是不怎么满意的，但是，我还是感觉到编辑部没有正确地对待我这样一位作者。表面上，我老老实实地、诚恳地接受批评，但在大多数情况下，是右耳进左耳出，认尻不认错。心想，没准我下次会写得更加好，说不定会成为一个得奖作品的主人。

随着岁月流逝，我总算能写出一些在一定程度上让自己满意的东西了。当然，也就是我自己满意而已，自鸣得意，自欺欺人，自己把自己当根葱。但是，别人还是不满意，还是没有杂志社愿意发表我写的小说。这令我有些沮丧，有些黯然神伤。然而，意外的收获却是令人惊喜的：我读了很多的书，也做了很多的笔记。

那年月，没什么可以自由支配的时间也是有原因的，主要是儿子的出生，一下子家里多了一个小人物，围着这个小人物转圈的，还有他的爷爷奶奶和外公外婆。他们交替着走进我筒子楼的小房间。那个时候，在儿子和妻子熟睡以后，我可以借助一盏台灯，把光亮调至最小，既可以阅读，又可以写作，还可以安安静静地枯坐。

在独自枯坐的时候，我最愿意做的事情之一，就是幻想。在幻想中，只要愿意，我就可以把自己变成任何一个我想象中的人。让我在自己虚构的人物心灵中长时间地寄生，并且逐步长大，成为一个自己讲给自己听的故事中的一个野蛮生长的主人公。

经过这样的日日夜夜的孤军奋战以后，我感觉到，与过去的我相比，我由一个对小说根本一窍不通的人，慢慢成了一个初步踏入文坛的新手。虽然说没有什么可以值得称道的作品发表，但却积累了许多失败的教训。我以为，恰恰是因为这些可有可无、可大可小的失败和教训，才练就了我在写作上不怕失败的性格。这么说或许有点强词夺理和自我吹嘘之嫌，然而，小说家的共通之处大多是抱着这种坚定的信念，安静地、默默地埋头劳作的人。

也许，有人认为世上有没有这样的劳作之人是无关紧要的。人们照样生活，太阳照常升起，地球依旧分毫不差地自转。

面对这些劳作者的劳动成果，我们的社会一定需要一个庞大的阅读群体。这个群体的阅读兴趣或者阅读耐力，取决于每个读者心中对优秀的作品的选择方式和客观评判，也取决于每个读者的个人经历和观察世界的视野。表达得更确切一些的说法是，虚弱无力、强词夺理、效果欠佳、东拼西凑、拐弯抹角、用肥硕的屁股想出来的东西与效率良好、依据充分、视野开阔、灵敏自如、理论丰富的东西是不可相提并论的。我们栖身的这个世界，本质上就是如此多元。如果没有辛苦的劳作者和读者群，世界恐怕都会变得扭曲和不堪一击。

广泛的阅读，让我终身受益。比如，阅读让我懂得，写作既是一种知识的积累和个人修养的训练、一种对于个人理想的不懈追求，也是一种生活的启示和召唤，更是一种对于生活煎熬的忍受。唯有阅读，让我在书的世界中寻求到了一种精神上的庇护和慰藉。

在开始静心写作的时候，我感觉生活是多么的绚丽多彩，多么的紧张刺激，多么的舒缓和优雅。只有在孤独的写作的世界中，我才感到欢乐和追求幸福过程的快感。

虚情假意

在刚刚进入安静的写作的世界的时候，我的情形是：语言平庸，照抄公文，词汇贫乏，虚情假意，语法不稳，断章残句，用字陈腐，自我感觉很好。常常出现的情况是，有真情实意却不能正确地表达；喜欢用一些耀眼的、夸张的词藻。但是，尽管有这么多的毛病，我依然坚持着我的写作，一如既往。写作仿佛是我的一种天性，正如呼吸大自然的空气那么的自然。我不管不顾，只管一条路走到黑，基本上不考虑写得好与不好、有无读者和发布的平台的问题。

若干年后，我才渐渐悟出，我的一意孤行，让我常犯错误，走了很多的弯路。实际上，写作实乃一门精妙的艺术，是需要天性和偏执的追求的。在这二者的共同滋养下，花费巨大辛苦和坚持不懈的劳作，才能写出好的作品。为了得出这一结论，我实在是吃尽了苦头。

在写时代背景的时候，我常常很流利轻松，但是一遇上大段的描述文字和对话的写作，立即陷入窘境，如同高高的山上，洪水倾泻而下却遇上了堰塞湖。我往往为了两三句话的表达而艰苦奋战上十几个小时，或者，思考整整一个晚上，到了天明，我依旧写不通顺。

早年，如果我有幸能得到一位或几位良师益友的指点，我一定会少走许多的弯路、少浪费许多的宝贵时间。我曾经深信，在我的生命之中，一定会有这样一位精神导师向我指路的。我的这点才能主要局限于某个方面的，在文学基本功、文体的把握、言简意赅地去表达一个什么样的深刻的道理等方面，我的差距就更大了。明知自己不长于彼而勉强为之，必然写不出好的作品。然而，虽然写作的效果不尽如人意，但在一个相对安静的环境中，写作仍然是我生活中最快乐、最愉悦的事情。冬去春来、年复一年、日复一日地构思一个故事，从一个个朦胧的想法开始，我的写作如同黑夜中行走在一片山林之中，深一脚浅一脚，磕磕绊绊、跌跌撞撞地摸黑前行，过去的生活经验在记忆中复苏，心田感觉滋润。

当然，在那种环境下，我的思绪也是起伏不定的。最初是一种难以抑制的躁动不安，逐渐变作一股排山倒海的激情，进而成为栩栩如生的白日梦，在阵阵的眩晕和奇思妙想之中，催生出我的狂想和决心。也可以说是一种狂妄而且嚣张的幻觉吧。我一定要把这涌动的幻影云团变成一个个具体的故事，贡献给读者。而在静默的思考中，我感觉到，如果我们只是遵从自己的一厢情愿的观点去凝望世间万物，世界难免会变得无法观赏，满眼都是血泪，不忍心直视。

可是，一旦从温暖的视点眺望自己所处的这个并不友好的人世间，世界就会变得温和而柔软起来。因此，人只要生活在这个世界上，用一个恰当的视角去观察我们身边的人和事，保持一个友好的姿态，那么这个世界同样会回报我们以温情脉脉的对望。

我始终认为，写作是我的一种最为基本的生活方式。写作是充满了幻想和欢乐的生活，如同一团火，在我的脑海中肆意妄为、一路狂奔。我必须与那些倔强的词语和虚幻的故事情节搏斗，才能控制我写作的节奏，才能心平气和地探索广阔的我想象中的世界。

人这一辈子，多数时候是不知道自己会对什么感兴趣的。

当突然意识到的时候，一切都似乎是在冥冥之中已经决定了。当这种念头突如其来的时候，我意识到，这就是我想要写的东西。然后就试着写下来。

我不是很清楚，这些故事对于读者是否重要，但是，我想，人们讲故事，是想讲述生活之中的一些值得回味的人和事，以及因此而发生的故事和故事的隐喻。我就喜欢收集这样的故事，希望这样的故事告诉我和我的读者一些什么样的道理。因此，我完全是全身心地投入故事的叙述之中了。

摸黑走路

一旦将自己的身心完全托付给了写作和在写作过程中的充满艰辛、磨难的生活方式，通过在一个安静的环境中独处，我有了极大的收获。在一个人的独处中，我比较喜欢简单而又原始的东西，说来也好笑，这可能与我小时候的一些特殊的经历有很大的关系。

上世纪六七十年代，我一直住在我的奶奶家里，土坯房子极其简陋，都是土砖瓦房。下雨时，屋檐下，一滴滴的雨声，清脆、干净、简单。那种轻松的、透明的感觉竟然让我心生喜欢，也心生忧愁。那个时候就觉得，小小年纪，哪有那么多的忧愁啊。直到后来成年以后一直难以忘记，这些陈旧的回忆总是在不经意间在我意识深处环绕，让我好奇。而我最早的写作，就是从那种好奇中开始的，这一路走来，至今还没有终点。

那是一段最美好的和清贫的、孤单的和恐惧的、寒冷的和温情的时光。曾经，我一直以为，只有自己独自在下雨天摸黑走路，是一个悲壮而又无可奈何的行者。我孤单，我渴望身边有他人的呼吸声传递给我，哪怕是歇斯底里的号叫也行，有噪音总归是比没有声音要好。

然而，当我在黑暗的前行中，幸运地捡到一盒火柴并且擦亮一根之后，我才发觉，原来我身边有很多和我一样默默地、孤苦地夜行的人。他们神情紧张，小心翼翼，郁郁寡欢，满怀着怨恨、步履蹒跚、脸色阴沉、犹豫迟疑、焦虑或者是恐惧，和我一样感觉到自己是这个世界上最孤单的灵魂，都是特立独行的个体，无依无靠。似乎大家都是来自另一个世界的陌生、野蛮且十分胆小的生物。在那根火柴棒燃尽以前，在昏暗的光线里，我们发现了彼此。我总是在临近身边的人的周围感受到一种陌生的、别扭的或者说敌视的气氛。由于对自身安全无法预期，担心遭受威逼、绑架、利诱、欺瞒、围剿、残害、堵截。我们相互之间，只能用眼神和肢体语言试探对方。

我们小心翼翼观察着对方，揣摩着对方，害怕对方心存歹意。但是，我们也发现彼此并不寂寞，有很多的同行者，身体早就不由自主朝对方靠近。我们知道，我们肤浅伤感的灵魂都是渴望对方的抚摸和慰藉的，彼此都需要从对方身体里传出的热度。我手指夹着的火柴棒熄灭了。黑夜中，一堵古老的暗色石墙耸立着，把我们相互隔开了。

想到这里，我忍不住泪如雨下，伤心之余又深感天地之庄严，人生之渺小，天生万物之深情厚谊。

直到现在，只要是下雨天，我就喜欢观察雨水落下时候的珠子。我偏爱的还是那种最原始的，没有经过污染或者优化的那种清澈和有节奏的声响。那些雨珠，对着光看，色彩斑斓，里边有了更多的持续变化的东西，比如反射出来的彩色光斑和晶莹如钻石的通透。我喜欢这样的东西，它包含着许多来自远古时代的信息。

写小说，一如我喜欢的原生状态的雨滴，晶莹剔透，里边有无限的不可想象，也有许多的不可知，让人充满着无限的遐想，还有让人想象但却永远也想象不出结果的种种可能性，这一切都超出了我的预期。我深情地希望我的小说的背景尽可能是真实的，尽可能地让读者能够用手指去触碰，最好在它的内部包含更多来自生活的，来自最有感受的，而不是一遍遍经过某些人过滤过的那种文质彬彬的、装模作样的、充满个人理想色彩的故事。

今天只有一次

回顾过去，我并不是一个在饥饿、孤独和恐惧中长大的孩子。我经历和忍受过的苦难并不多，或者说，我是最幸福的那一代人中间的一分子，没有疯狂地堕落成为一个老流氓或者人渣，也没有如同太宰治的那种"生而为人，我很抱歉"的绝望感慨。反过来，我还是成了一个被这个社会和这个社会中的大多数人收容的人。到底是什么支撑着我度过了那么漫长的无边无际的岁月？那就是我的坚持不懈的写作，在孤独的写作中寻找到了一种希望。我希望在未来的时代里，在我的笔下，由蛮横和不讲理的恶人制造的恐惧越来越少，但由童话故事带来的欢乐越来越多，充满着人对美好生活的向往。

年轻的时候，我们曾经有抱负、有理想，甚至有梦想。我们也曾怀疑，我们是否能在未来的某一个时刻实现这个梦想，我们想证实自己有无实现这一梦想的能力。现在，我们终于知道了，这种"希望证实"是多么的愚不可及。人生本身就是一场独自的旅行，就旅行本身而言就是一种非常美好的消遣。

如果说一个内在丰富不需要从外部获取乐趣的人是最幸福的人的话，那么，作家就应该是这个世界上最幸福的人之一。他可以在任何时候有任何的幻想而不受任何的局限。

如果安静地把自己安放在某一个相对封闭的空间里，我会感觉到，那里有巨大的开放感，纵目四望，发现周围的人和物都变得高远了。就是这样一种虚幻、超脱、置身事外的感觉，滋养了我，让我有了还算称得上健康的心理和身体状态。如此一来，我在分割自己的同时，还能把自己投影到他人身上。表达得更准确些，就是我能把分割的自己寄托到他人身上了。这样做之后，便有了更多搭配组合的可能性。故事也呈现出复合性分支，可以朝着种种方向扩展开去。更多的时候，一种有了强烈感受的东西袭击了我，让我硬是要把心中的某些东西铺展开去的欲望和冲动，我运用自己称心满意、自得其乐的笔调，恰如其分的字词句去描述出来，再把这些字词句巧妙地搭配起来，化为了我文章的形式。

这个世界无论是好是坏，无论人是年轻还是年老，前方都只有死亡。人年老之后，对于死亡的临近十分敏感；而年轻时，展现在眼前的则是色彩斑斓的生活。虽然死亡这一事实是一种生活的必然，但是我们还是应该感觉到，老年人对于死亡的恐惧更令人担忧。总体上来看，生命是在两个永久黑暗之间的昙花一现，人死的日子无限长过人活着的日子。原因在于，不管怎么样说，活着本质上是对于别人的一种打扰。如果我们撇开这些不谈，如前所述，老年人是最有时间静下心思考的人，也是最有时间去总结自己的一生的人。难得的闲暇是人生命中的花朵，或者更贴切地说是果实。

想要知道一个人幸福与否，我们不应该问他有什么值得高兴、愉悦、兴奋和快乐的事，而应该了解他有什么烦恼和忧心的事，有什么难于向别人言说的暗疾。因为使他烦恼的事情越少、越不重要，或者可以做到忽略不计，那么，他就会越有幸福感，从而使自己处于一种安宁、超然的状态。因为，如果我们连非常微小的烦恼都感觉不到的话，或者已经感觉到了，却不认为是一种打扰，说明我们的状态很舒适、畅快。这一切，不身处其中是无法体会到的。

　　一个人对其他人所能做的是非常有限的。如果我们实在是帮助不了他人，提供不了看得见的关怀，至少，我们不应该无缘无故地去打扰他人的安宁。每个人都是孑然一身的，都是在踽踽独行，那么这个独立的人究竟会是一个怎样的人便是最为重要的问题。一个人如果想要享受安宁，精神上的安宁是必不可少、不可或缺的。为了达到精神上安宁的这个目的，我们应该永远铭记：虽然太阳每天都是新的，但今天只有一次，此时此刻只有此时此刻，永远不会重来！

2020 年 9 月 18 日第一稿于深圳福田
2020 年 11 月 9 日第二稿于深圳龙岗

阅读让我发现了自己的愚昧和无知

逆风前行

我的真正意义上的阅读开始于 11 岁的时候。当时我们家住在一个国营农场。那个时候，农场的子弟小学是五年制。五年级读完就可以直接升初一。那是一个非常特殊的年代，大多数跟我年龄不相上下的学生，读书就只能读教材，课外书籍很少，或者说根本就没有什么课外读物。大约是 1973 年，我的二姐在镇上读高中，她有了一本《鲁迅选集》，应该算得上是课外读物吧！

这本选集的封面印刷得十分漂亮，装帧也十分地考究。在我的记忆中，这本书有别于我看见过的其他的任何课本，勾引出了我的好奇心。少年时期的我，以这本书为起点，开始了漫无边际的阅读生涯。

我在课堂上学会的只是读书、识字和算术，而在课堂之外，课外书籍让我知道了还有一个更为广阔的世界，正静静地等待着我的到来。那是我一生中最重要的、最为难忘的一个时期。

直到今天，将近47年已经过去了，我依然能够清楚地记得自己初次领略阅读时的快感，感觉课外书籍是多么神奇。书中的那些文字化作了我脑海中奇异的图案和我想象中洁净的空间，让我整个身心焕然一新，丰富了我少年时代在农场的日常生活。

最初的阅读并不顺利，面临的第一个问题是许多字我不认识。我的办法是碰上了生僻字就一晃而过，假装认识；第二个问题是对字词句的不理解，当时根本不懂得什么是概念、名词、思维方式等这些东西，由此催生出满脑子的奇奇怪怪的幻想来。例如：人为什么一定要吃饭？为什么一定要拉屎、拉尿？人的身体如果既不出又不进，这样就会省下粮食，节省的粮食多了，大家就不需要去田间地头劳动了。我那个时候不知道人需要营养，需要能量。还有一个问题始终没弄懂：我是谁？我为什么会是我？懵懵懂懂、似是而非的问题，常常困扰着我，让我的日子过得格外阴沉和抑郁。

关于这些问题，我时常问我的寡言少语、一脸严肃的父亲。似乎，他也不能够很清楚地回答我，但我提出的这些奇奇怪怪的问题引起了他的高度关注。可能是他意识到了我思考的这些问题过于怪诞，感觉需要为我的阅读提供一些必要的帮助，他立即将其珍藏多年的、使用了一辈子的《四角号码字典》送给了我。他还教会了我查询办法和口诀。经过短时间的训练，我熟练地掌握了查阅技巧。时至今日，我只要看见一个汉字，就能够准确地说出这个汉字所在《四角号码字典》的编码和页面来，基本不会出现差错。由于这个原因，我比同龄的少年在阅读中遇上的困难就少了很多，也为我日后大量的阅读提供了助力。

全国上下都在评论《水浒传》的那几年，老师在课堂上断断续续地讲了一些《水浒传》中的故事，讲着讲着就不着边际了。讲得支离破碎，如同边角废料，不解渴，不能满足我对于故事进展情况和结局的探寻，我央求父亲帮我买一套《水浒传》。

我记得，父亲听见我的这个诉求以后，用很奇怪的眼神看着我。老半天，他的厚厚的嘴唇一动不动。他的这种不言不语，一副没有表情的表情，让我极度地失望。我估计我的这个愿望已经无法实现了。回头想想，就算是被拒绝了，我当时也不会怪他。生活的担子过于沉重，过早地压弯了他的腰，弄得他遍体鳞伤，这一切当然直接影响到了他对于个人情感的表达，也就是说，他只会用一种单调的、枯燥的面部表情和腔调去表明自己的态度。

在一个阳光灿烂的上午，父亲突然让我坐上他的自行车的后座。他说让我跟他一起去一趟镇上买一些东西。我以为他是为了买一些家用，需要我去当帮手。我放下手中的活儿跟着他出了家门。

父亲让我上了自行车后座以后，用左脚踏上自行车的踏板，右脚在地上滑翔了两三下，一用力，将右脚翻过车杠，放在右边的踏板上，开始骑车飞奔。

父亲一直将自行车骑到了新华书店的门口，他先在书店旁边的小摊上买了两根冰棍，他一根，我一根。我注视着眼前这个满脸沧桑的中年男人，平日在钱的问题上他是十分小气的，说好听一点就是节俭，说不好听一点是吝啬。如今他这样慷慨大方，我感觉到十分新奇和温暖。那天，他的情绪也是一反常态，温和，随意，慈祥。父子俩吃着冰棍走进了新华书店。他指着一排排的书架说："你看看，需要什么书，我帮你买！"

　　我明显地感觉到他说话的声音有些拿捏，有些虚弱，细声细气的。一家大小六口人等着吃饭，余钱极少。我估摸着父亲拿不出更多的钱来，试探着拿了《红楼梦》《西游记》《水浒传》各一套。当时，书架上没有《三国演义》，如果有的话，我也一定会拿的。

　　父亲大大方方地付了钱，让我双手把书抱住，随后，父子俩一起走出了新华书店的大门。

　　父亲说："有了这些书，读完了，还可以跟别人换书看，我没钱买所有你喜欢的书。"

　　我说："一下子买了这么多书，我已经很开心了！"

　　回家的路上，我满心欢喜，怀抱着买来的三套书，依旧坐在自行车的后座上。父亲躬身骑行，每踩一次踏板都用足了全身的力气。他骑车的样子很像如今在海边常常见到的基围虾，四肢与整个身体并不协调，背部高耸，双臂下垂握住车把。这个半知识分子是我们家经济上的顶梁柱，他从全家人的生活费中，抠出钱来为儿子买书，我想，他一定经过了一场严酷的思想斗争，经过了一阵子的煎熬。我深知，他这样做是需要有足够的决心和勇气的。

那一天，父亲显得很诚挚，充满了温情。岁月的磨砺，改变了他从前那样一种过于节俭的风格和神情，他似乎变得有些可爱了。我想，那个时候，父亲一定为自己的这个决定心痛着并且自豪着。

我的父亲骑车的时候，总是担心自行车会倒下。骑车的姿势十分紧张、滑稽，面部表情很严肃、很认真，一点也不潇洒。不一会儿，他全身开始出汗，衣衫的后背全部湿透了。由于是逆风前行，父亲在前，我在后，耳旁疾风吹拂，鼻孔闻到的却是父亲汗液的味道。

初始的阅读

在去镇上买书之前，我一直认为我和我的父亲之间并不怎么亲密，或者说有些疏远更为贴切。通过赠送《四角号码字典》和买书，我突然意识到我跟父亲的关系是一种特殊的深深相依的关系。我更进一步地意识到：原来，父子关系并非我感觉的那么生硬和不着边际。实际上，温暖的情感一直在我和父亲之间传递。出现这种情况，出现这种感觉，恐怕无法用一般的家庭关系的规则去解释。我想，应该说是血缘关系和传统观念共同起着重要的、决定性的作用。

在此之后的一个时期里，我感觉自己是属于那些微不足道但却带有强烈情感去活着的人。我在黑夜里的唯一活动，便是阅读。我用我的书，换来了很多的书，例如《三家巷》《铁道游击队》《红旗谱》《香飘四季》《说岳全传》《罗通扫北》《林海雪原》《红岩》《烈火金刚》《三国志》《钢铁是怎样炼成的》等。时间长了，有很多书名我已经记不起来了，总之吧，那个时代能够换到的书籍我都想办法换来阅读。与此同时，我的改变，也就从阅读这一本本的书开始了。

我的阅读，既无目的，又无人指导，最初谈不上有多大的收获，就算是开卷有益吧。当然，在阅读的过程中，还有痛苦，还有煎熬，更多的是简单而又原始的思考。而因为有了阅读，我的人生有了些微的改变。因为这些些微的改变，让我明白，人生不一定只有贫富贵贱，还有比财富更重要的东西。

我那时阅读的目的并不明确，也不知道阅读的意义何在。只是感觉到，在阅读之后，有一种非理性的幻想一直左右着我。当然也包括在阅读中我幻想着的美好或者并不怎么美好的东西。还有一种可能即是：一旦摆脱贫瘠与穷困的束缚，那种在幻想中如此美好的东西便完全随风飘散了，消失得无影无踪。

通常，我会在阅读之中沉浸在最严肃的悲剧情感之中，静默的苦涩和微末的欢喜。我想，在那样一个年代，适合谈期望，谈奋斗，谈梦想，谈那些宏大激昂又鼓舞斗志的道理。我们所说出的语言，会立刻融入昂扬的语调，这种语调是我们的社会所共有的，而且是当时急切需要的。

我的这种阅读，一直持续到高考前夕。

1979年的春天，当我要准备高考的时候，树木就变得一派葱绿，我的阅读生活被迫中止。我必须攻读枯燥而又乏味的高考教材，我需要在考场上改变自己日后的命运。但是，那个时候，我已经意识到，我们是如此地容易被侵蚀和掠夺，如此地缺乏精神上的抵抗力，其主要的原因是我们的知识面过于狭窄和肤浅，承载不了一颗向往求索的心灵。如果条件允许的话，我想，我还是会一如既往地坚持我自由自在的阅读的。

阅读使生活不那么难以忍受

开始了大学生活以后，我在大学里看了很多的好书，我在书的世界中寻求着一种说不清道不明的庇护。在大学里，生活有了不动声色的竞争，表面上看，每一个学生都显得非常悠然自得，实际的生活却充满了紧张的气氛。只有在书的世界中，我才再次感到了自由、独立和欢乐。

从那时起，阅读对我来说已经不再是游戏，或者说不仅仅只是满足好奇心和虚荣心。阅读变成了我对抗孤独和寂寞的方式，变成了我精神上的漫游，变成了回避不可忍受的事情的减压途径，也变成了我热爱生活的、一个无法回避而又十分特殊的理由。从那时起直到今天，每当我感到气馁、穷困潦倒、心灰意冷、徘徊在绝望边缘的时候，或者说是在我志得意满、野心勃勃、自我膨胀的时候，我就会冷静地、全身心地投入阅读与思考之中。

就人的生命旅程而言，忍耐就是生活的本身。就个人在这个世界上的际遇而言，需要忍受的人和事不计其数。养成阅读的习惯，等于为自己筑起了一个精神上的密室，在所思所想问题的结果尚未出来之前，基本上可以避开生命中所有的灾难。而且，在精神世界里，可以随心所欲、恣意妄想畅想的同时，还保守秘密。我所说的"基本上"，因为我不能强词夺理地说阅读可以让你升官发财、封妻荫子、一飞冲天；可以消除饥饿的痛苦与失恋的悲哀；更不能说读了经典之后就可以避免天灾人祸，让自己延年益寿、长命百岁。但是，一本经典书，再加上一杯清茶，却能使任何人在最为严峻的社会环境里，保持一个阅读故事时安静的心境。一个愤怒的人，一个怨气冲天的人，是无法进入安静的阅读状态的。如果我们被迫去读那些令人觉得厌倦的书和垃圾文章，又怎能养成为阅读而阅读的良好的习惯呢？

有了静心的阅读，美好的事物就会在眼前出现。由于有了这些美好的东西，生活才不那么丑恶、不那么拧巴、不那么凄惨、不那么不堪，哪怕只是一瞬间的收获。假设没有了阅读，或者不愿意阅读，倘若抛开精神领域的某些东西不谈，一定要寻找到一个实用性的理由才被迫翻动书籍的纸张，那么，生之为人是不是有点过于俗气了？其实啊，阅读犹如飘忽不定的幽灵，生长在我们的意识深处。我们可以通过想象，让我们阅读的知识与潜意识中的某种力量水乳交融，赋予我们崭新的外形、语言、肉体、心境、动作、思维和原始的生命本能。

阅读成为我的一种难以改变的生活习惯，是我对抗厄运的有力武器，变成了我对难以忍受的事情的一种忍受方式，也变成了我活下去的理由。从开始阅读起直到今天和现在，每当我感到疲惫不堪、心力交瘁的时候，我就会全身心地投入阅读之中。我在阅读之中感受到黎明前的黑暗和黑暗隧道尽头的亮光。也就是说，在阅读的时候，有一个或者数个谜底正在静静地等待着我，让我在预设中度过某个艰难的时期，让生命的过程更加有趣，让生命的旅程不至于乏味。

漫无边际的阅读

阅读经典作品使我更加感觉到自己是富足的，如果我没有读过这些经典书籍，我一定不会成为今天的我，不会成为现在的这个样子。

我的体会是：如果你读了某一类书之后，觉得它们不是你所需要的那种书，那么，请就将其抛弃，很有可能，这类书并不是经典，或者说不适合你。除非你真正能感觉有收获，否则，这类书毫无用处，最好不要花费时间去阅读。

经典作品在人与人之间架起了一座座精神上的桥梁，让我们一起信任、怀疑、享受、思索、推敲、激动、痛苦、快乐、喜悦、震惊，跨越国籍、人种、语言、隔离、信仰、地域、习惯、时空、习俗和偏见的障碍，把我们牢牢地联结在一起，共同开始一场思想上的自助大餐。畅快的阅读在各种各样的人之间创造出了共同的纽带，无知、怨恨、猜忌、欺压、愚昧、横蛮、宗教、拐骗、语言、压迫和意识形态等偏见和人与人之间树起的种种藩篱，在畅快的阅读面前悄然退场。

有人认为，漫无目的的阅读是最让人着迷的，我完全同意这个看法。不过，我想稍稍有一点点的补充，我觉得挑选一些优秀著作去认真阅读是很有必要的。一个读者正在阅读的书，对于自己的意义，应该遵从自己内心的指引，只有自己才是最好的裁判。

一个没有阅读能力的社会，或者说阅读被俗世的生活边缘化的社会，注定会从精神上变得恃强凌弱、虚胖、蛮横，注定会道德品质低劣。在那样的社会里，会有精神错乱的人，会有偏执狂患者，会有嚣张的阴毒者，会有因为受迫害而神经错乱的人，会有站在风口的肥猪以宇宙飞船的姿态冲向蓝天，也还会有欲望超常、为所欲为、行为放肆的人，无疑地也会有以受苦或者制造痛苦为乐的充满兽性的所谓的人的存在。我丝毫不怀疑，没有阅读的世界是没有教养的世界、野蛮的世界、缺乏温情和共情的世界。那样的世界，一定是丛林法则盛行，无知、无趣、横蛮、愚昧、自作聪明、色厉内荏、外强中干的世界；是没有温情和善意的世界，也可以说就是噩梦般的世界。其主要特征是：向既定的一切妥协，普遍屈从于某种约定或者未经约定的某种东西。值得庆幸的是，我们这个社会有许许多多的、默默无闻的、抛弃了任何功利性因素的阅读者，他们生活在你和我共同生活的这个人世间。他们隐于热闹的城市和山高水长的某一个不知名的地方。这些人，这样的一群人，这样一个群体，默默地支撑起了我们这个民族的精神屋脊。这些人不仅仅是在这个世界的自然和精神之间架起了一座桥梁，而且，还是这个狭窄而又危险桥梁的建设者和维护者。他们引领着我们，在内心深处，在不可抗拒的精神力量的驱使下向内心自由的王国走去；他们又因为最诚挚的渴望被吸引着回归到我们的这个大自然和我们的这个群体中间。他们的生活就在精神力量和大自然这两种力量之间摇摆。我把我的由衷的敬意悄悄地送给他们，愿这些人健康长寿，从而使得寻求和探求知识的火种永不熄灭。

如今，网络上各种书籍和文字遍地开花、良莠不齐，让我们这些读者眼花缭乱，很难分辨有用的和无用的。生活在繁忙的现代，很少有人有时间去博览群书。为了不让垃圾信息塞满我们的大脑，我以为，最为简单的解决方法是多读经典和原著。当然，我这样说，自然不是说必须局限于这些著作，而是说要依靠它们的引领，它们会引导我们去阅读其他好的书籍和别的作家的优秀作品。

我们可以通过对这些经典和原著的阅读，进一步地了解一个时代、一个学派、一个精神上的同道人的群体。由此而追索相同类型的著作，再一直读下去。这样做，我想是会避免盲目跟从和跟风的。

在读这些书籍的时候，我通常会做一些笔记，然后，进行分类、编号。值得注意的是，大量的著作和文章只能是浏览式的阅读，只有特别优秀的作品或者是作品中非常重要的地方才值得细细品味。当然，这样做就一定会遗漏一些东西，但却扩大了阅读的范围，撑开了知识结构的天花板，从而获得更多的知识收益。

分道扬镳

国内有一个研究西方哲学的学者曾经一度很有名，据说，在一些大学的本科生中间，他的书是最为畅销的。在初步阅读的时候，我也同其他崇拜者一样，对他的书推崇备至。后来，我读了西方哲学，特别是系统地读了黑格尔、康德、海德格尔、叔本华、斯宾诺莎和尼采以后，才发现这位学者只不过是将几位先哲的哲学观点，用中文的述说方式表达了出来，而且使用了温情脉脉的语言，再添点油，加点醋，搞点清淡的调味品。

巧妙的商业运作，那书的卖点当然很高。这种拿来主义的方式，抬高了他的身价。虽然他还是很出名，还是有很多的粉丝和崇拜者。但是，我开始不崇拜他了，悄悄地把他写的书作为废纸卖掉了。我说这些，并无贬低谁的意思，而只是想说明，海量的阅读，让我懂得了自己的愚蠢和无知，我应该与欺世盗名者分道扬镳。

海量的阅读的好处是可以避免精神上的欺诈。那些假装有新意并且引人入胜的东西，在你阅读之后，经过冷静的思考，可以发现那些欺诈是多么可悲和令人不可饶恕的。而那些玩弄欺诈手段的人，又是那么地值得你毫不犹豫地抛弃。

在过去时代的许多作品中，有一个最为基本、最为明显的事实没有得到足够的重视，那就是书籍总是让人读的，无论是多么深刻的哲学道理，既然让人读，就应该让人读懂。因此，作品的意义和审美价值都是在阅读的过程中才会产生并且表现出来的。读者的感觉，才是最为重要的。他们的评价，才是作品好与坏的最为基本的标准。基于这个原因，把读者的反应作为重要因素来加以考虑，是我在阅读的过程中始终坚持的一个重要的、无法替代的原则。

我以为，好的书籍只能提供一个多层次的结构框架，其中留有许多未定点，只有在读者一面阅读，一面思考，并将其具体化时，其主题意义才逐渐地展现出来。我在阅读的整个过程中，感觉阅读量越大，越发现了自己的无知。这种感觉一直陪伴着我。我在持续的失望中探求新的希望，烦躁着并且快乐着。

这种感觉在我的阅读生涯中总也挥之不去，直到今天。

良师益友

阅读一本好书可以让人开心，也可以让人学习，用一种直接和间接的方式学习，即通过联想体验的方式学习。在我们的人类整体中，通过我们的行动、思考、梦想、觉悟、语言和想象，掌握我们是谁和是怎么样的人的问题；在我们公开出场和隐秘的意识里是以什么样的方式进行思考的，一个好的作家或者作者，其著作企图隐喻一种什么样的内涵，怎样才能解决我们应该成为什么样的人的问题。对于那些好的作者，我始终把对这些问题的思考，代入我的阅读之中，把作者当作良师益友。

这些精神食粮的生产者，为人类的文化传承做出了杰出的贡献。他们是在云雾之中高高耸立的一座座山峰，我会和所有的读者一道，站在山脚下仰望的同时，默默地向他们致敬！

我对于这些良师益友，永远欠下了偿还不清的人情债：我只是付出了一点购书的费用，就占有了他们的劳动成果。无疑，对于他们而言，我是有亏欠的。是他们指引我探寻真理的道路，无论是众星捧月，抑或是曲终人散，都让我有了热爱文学的冲动；是他们使我的头脑里充满了书写时代的愿望，并且富有诗意的感觉和形象；是他们在命运的变幻无常、环境严峻的时候始终支撑着我企图成为一个作家的梦想，在愁绪满怀的时候鼓励我，在病中给我治疗，在孤独时使我开心和欢愉。

这些矢志不渝的老师和老友，他们拥有知识和情谊。他们愿意无私地将其贡献出来，让这些东西始终伴随着我。不论我是阔绰还是贫困，是飞黄腾达还是时运不济；无论自己赢得了多大的声望和财富，抑或是被俗事所困扰。所有认识我的人都一致认为，我用自己的著作换来的读者和同道人，同我在阅读他人的作品时感到的愉快是不可比拟的。

阅读可以在读者与作者之间建立友好的联系，二者之间可以进行一场精神上的对话，让各自在意识深处寻求到共同的本质，认识到读者与作者都是同一精神家族的成员，这一联系超越了时间和空间的障碍。我们在阅读时，还能结识形形色色的、种类繁多的、有趣的和兴味盎然的人。

阅读可以让我们回到过去，让我们与过去时代的人和事成为好朋友，隔空交流。而历史上的人们创造了类别众多的作品，创作和享受了作品，并且把作品无私地传承给了我们。到了今天，这些作品又被我们阅读，让我们在阅读之中产生快感和美好的梦想。这一共同的归属感，是人类文化的显著成就。而只有阅读才在一代又一代人的身上为更新这一归属感的内容而添加动力。

如果一定要问阅读的目的，我的回答是，阅读就是为了发现自己的愚昧和无知。阅读的魅力也正是在于这个寻找和发现的过程之中。

令人着迷的阅读

从阅读《点与线》开始，我曾经迷恋于松本清张的叙述，那些破案的线索一条条地联结起来，看似是对案件事实的无关紧要的描述，却对于揭开案件事实，让谜底真相大白于天下起到了决定性的作用。我说的就是他描述的方式，波澜不惊，语音简洁、朴素，没有多余的话。他叙述的细节，貌似是日本的日常的生活细节，同时又像是在日常的背后隐藏着某种真相，被隐藏的东西总是非常令人着迷的。让你感觉自己与真相之间若即若离，疼着，痒着，巴望着，心急如焚地希望讨到一个出乎意料的结果。而日本的另外一个作家川端康成，则喜欢用灵魂去书写人和景物。读了他的《雪国》和《伊豆的舞女》，感觉自己就身临其中。那些女孩子就在眼前，完全是可以触摸的。但是，当你真的伸出手去捥住她的时候，她就不见了，留给你的是一个凄美的微笑。因此，当川端康成丝毫不间断地、不紧不慢地叙述的时候，他也在抽丝剥茧，一层层地将一个欲说还休的故事翻给你看。

看了这些日本作家的书籍以后，我的阅读走向了无法预期、不可接近的状态。探寻某种奇迹的冒险企图开始引领着我，让我奔向未知的那个世界。与此同时，我明显地感觉到自己的阅读有了新的视角，未知的东西越来越多。因为这些书籍的后面有着一个神奇的未知的区域，而且是一个没有疆界的地方，可以膨胀为一个宇宙，也可以缩小为一个原子核。我在阅读之后，往往会掩卷沉思：这是我需要走进去的那个未知的、神奇的、诱惑人的区域吗？

莫泊桑和契诃夫是无可争议的短篇小说大师，他们对人和事物的描写，几乎简洁到了登峰造极的地步。他们追求语言的简洁、韵律，创作了大量感人至深的作品。马尔克斯生前就已经具有了莫大的声誉，他的《百年孤独》塑造了一个天马行空、一意孤行的作家的形象，所使用的语言极尽随意而且张扬；他在描述的时候不动声色，用虚幻的语言去表达一个宏大的时代。表面上看，语言波澜不惊，背后却隐藏着一个时代的密码和真相。他是无可挑剔地将想象力尽情挥霍的偶像。其实，如果我们仔细阅读就会发现，在马尔克斯的构思、书写和叙述里，隐藏着小心翼翼地对于时代背景的拿捏和使用词句的克制。正是这样的具有个人鲜明特色的写作方式，造就了伟大的马尔克斯。

《斜阳》《人间失格》是日本作家太宰治留给这个时代的挽歌。作品所展示的就是作家与生俱来的才华和个人的独特经历，写作背景显得忧郁而凄婉。尽管那是作者本人的"出生就是希望死亡"的信念作祟，是没有痛苦的、没有选择的、堪称慈悲的死亡，他也的确是亲手结束了自己的生命。然而，他的死亡和所描述的死亡，只能说明人的生命虽然本质上是孤独的存在，但却不是孤立的存在，一定会在某个地方、某个时间点，因缘际会地与别的什么生命相连。对于这一点，只怕太宰治本人也要以某种形式去承担一个生命个体的责任。毫无疑问，他所描写的内容，是在任何时代都有可能出现的故事。但是，任何时代都很难出现这样的作家。因此，任何时代的任何作家都不可能写下太宰治这样的自传体的故事。我的意思是，它的主题完全有可能重复，但是，它的写作者却是难以重复的。太宰治的叙述简洁和不动声色，真诚得让人心痛，人物和场景仿佛就在你的眼前。我仿佛隐隐约约地听见了太宰治在生命的最后时刻，发出了"生而为人，我很抱歉"的凄苦呐喊。

在阅读这些作家所写的故事时，我感同身受。我的这种感觉一直延续到了今天、现在、此时此刻。这样的感觉支撑着我进入了欧洲和美洲的文学领域，也在马尔克斯、略萨、马克·吐温和阿瑟·黑利，以及其他更多的作家的作品中徜徉。这也是我经常废寝忘食地阅读的主要原因之一。

书也在读你

在你读那本书的时候，那本书也如同镜子一般映照着你的容颜，它也在无声地读你。有可能，你很快就会忘记了大部分读过的书籍的内容和作者，如果不做读书笔记的话，有可能就连阅读的时间也忘记了。但你的身体不会忘记，你会变成一个有思想的特立独行的人。

我之所以这么说，是因为一个人在阅读之后，所获得的知识已经聚变成了一个单纯的生物有机体，所有的因为阅读而产生的知识与智慧，已经成了我们的私有之物。我们会把阅读来的一切知识都编织进属于自己的生活之中。这个时候，自己的身体是有着特殊社会意义和内涵的载体。因为阅读，我们的身体的功能、表征以及其他的方方面面都会悄悄地发生变化。实际上，关联到自己所认可的自然秩序、社会秩序以及个人的本质的特殊文化意义的理解，会因为阅读获取的营养而发生本质上的变化。事实上，我们阅读的一切，都会影响自身的外在形体，无论你属于哪一种人。有的知识能够给我们带来正面影响，它们不仅能给我们提供身体所需要的营养和能量，还让我们充满智慧、活力、干劲和自信，让我们有能力做自己想做的事。

经过长时间的阅读，我发现了自己知识的浅薄和对于现实认识的不足。因此，一路走来，直到这时，我才对自己的整体脉络有了清楚的认识。对那些早在青年时代就知道的事有了进一步的梳理。我通过阅读，找到了许多自己的未知部分，以更加多的实例来证明那些在我脑袋中已经固化了的概念是如何形成的，又是如何变得荒唐可笑的。

当然，还有一种阅读的结果也会不期而遇：年轻的时候，我自认为懂了的事情，其实直到现在，并且在阅读了很多经典著作之后，才真正被我所理解和证实。最重要的是，在经过长年阅读和积累以后，我确实感觉自己对已经知道的事情的思考更多了，这时的知识通过各个角度的反复思考，认真推敲和琢磨，互相连贯并且获得了统一。而在没有经过长时间的阅读的情况下，我往往停留在一种盲目、愚蠢的自信之中。在那样的情况下，我的认识常常是残破、浅薄、零碎和不求甚解的。

解决这个问题的办法在于：经过长期的、日复一日的阅读之后，我们才能看到生活的全貌和自然进程的完整过程。不会以一种刚刚进入人世间的人的目光去观察生活和理解社会，采用的是隔开一定距离的角度和方法。因此，对生活本质上的虚无拥有更加全面、透彻的认识和理解。

遇见了一个人

阅读是看得见摸得着的真实的人生目标，可以使我们得到具体的好处。这种好处是可以预期的，我们完全可以揣着一颗安静的心去静候那个好处的莅临。

阅读可以使我们站在一个更高精神层次上去追求智慧。我们对所谓确定智慧的幻想，越是有了强烈的好奇和追求，就可能使外面的世界对我们的生活带来的干扰越来越少，我们因此而获得的益处就会越来越多。对于任何年龄段的人来说，幸福唯一的和真正的源泉就是自身所拥有的东西。如何小心翼翼地保证这些幸福的内在源泉不会枯竭，最好的办法就是阅读。因为，阅读来的知识属于我们自己，成为我们身体中某一个不可或缺的器官，成为自身不可被剥夺的财富，而且，这些财富永远也不会被丢失。

我在阅读时，常常对一个作者或者一个体裁非常着迷。读到一个作者的自然流畅的文风时，我会感到非常惊喜，会有一种发自内心的认同感，并且产生情感上的共鸣，不由自主地发出与作者似曾相识的感慨。

经常有这样一种情况发生：我本来是要看一个作家的真实面目，看看这个作家到底是一个什么样的人，结果遇见了一个精神上同类型的人。我们可以是多年不见，或者似曾相识，或者相交恨晚，或者已经相见的好朋友，而一位真诚的读书人，在阅读时，原本就是一种精神上的期待：期待遇见一个人，遇见一个良师益友，遇见一个精神上的引领者。我们在不期而遇的时候，会发出会心的微笑：你好啊！我们终于见面了！

2020 年 9 月 7 日第一稿于深圳福田
2020 年 9 月 22 日第二稿于深圳福田

照人胆似秦时月

—— 聂雄前《潇湘多夜雨　岭南有春风》读后感

交往

文人之间的交往，大多寡淡。如果有缘分，一定得在某一个不经意之间进行近距离的接触，也仅限于非肢体接触的、语言上的相互间令人肉麻的吹捧和没有油盐的清谈。单单从精神层面来讲，一个自称为文人的人敬佩另一个文人，并进行高质量的、深刻的、毫无戒备的交流，交往的双方都是需要勇气、坦荡和真诚的。以我观察人的经验，在这个世上，长得像模像样，油光水滑，活得地地道道的家伙反倒不可信了。这类人是在刻意地装扮着自己。而我从聂雄前身上感受到的是某种与此截然相反的、深邃的气场和独特的气质。

当我在嘈杂生活的水浪漩涡里流转，分不清自己是在水下还是在水上的时候，才猛然懂得，并且清醒地意识到，其实，我没有那么多时间和精力去维系很多不伦不类的人际关系。我必须把大量时间用来维持和提高自己的生活质量。当然，我也悄然明白了，有些人注定成不了我的朋友。就算我一厢情愿地想成为对方的朋友，对方也未必把我当成朋友。我想，再精心维护也只能是一场昙花一现的、虚假的、流动的盛宴。

该是精神上的诚挚的朋友的人，总会在某一个不经意间不期而遇，绝对不会彼此背弃，打起交道来，不那么伪善和不着边际，自然而然就成了终生的朋友。我想，我再怎么努力也融不进一个不适合自己的圈子，再也不想去取悦那些换不来真心的人了。

从前，我阅读过雄前的好几篇文章，一些描写农村生活场景的文字常常吸引我，引起了我对这个人及这个人的作品的极大兴趣。

我自幼在农场长大，在土堆里打过滚，在池塘里学习游泳，在插秧、割谷、放牛的农活中体会过生活的艰辛和不易，同时也被故乡那片青山绿水所滋养着。所以，无论农事、人事，还是乡土生活，我自认为都是非常熟悉的。雄前是一个对故土和童年怀着骨血般感情的人，依然有着农民式的淳朴、执着，他的文字，没有感染时下那些浮躁的写作风习，摒弃了"心灵鸡汤"之类的东西对于读者的毒害，自顾自地、从容地爬梳自己的记忆，向下扎根，深入地心以接续地气，进而使自己的写作有一个牢固、宽阔的地基。他用自己的沉实、聪慧和细腻，在语言的王国中为自己建造了一个小小的、温暖而又安静的精神家园。在那个居所里，他是安全和幸福的。

因为在精神上我们属于同类，对于雄前我一直怀着敬佩心和好奇心，总是想认识一下这位独特的书评家。在一个非常偶然的场合，我跟雄前因为一次公务活动碰在了一起。我们一见如故。

雄前本人其实并不热衷于社交，或者说讨厌社交。对于那些低质量的社交，他是能够拒绝的尽量拒绝。

我与雄前是在工作中相识的，并且在写作中相遇、相知和相交。这个微胖的、黑黝黝的、硬朗的家伙，只讲外人无法听得懂的湖南双峰方言，让我对他的第一印象就感觉他是一个奇特的人。然而，他又是一位充满热情和智慧的学者。

他与我的交情，虽清淡如水，却浓稠如血！

读书

一个多月以来，一本聂雄前所著的《潇湘多夜雨　岭南有春风》摆在我的床头，成为我每日休息前的必读书！

在枕边放自己喜欢的书，是我的生活习惯。于我而言，在阅读雄前的著作时，我通常是通宵达旦地沉浸其中。我的体会是，《潇湘多夜雨　岭南有春风》中所收录的任何一篇文章，都没有夸饰，拒绝虚构，是把一种记忆写实了，写稳当了。我在阅读的过程中，想象自己可能是雄前笔下的某一个人物，回忆自己过去所经历过的种种似曾相识的背景，想象类似的个人奋斗历程。

想着想着，我就睡着了。

阅读雄前的著作，感觉里面有许多我所熟悉的、似曾相识的生活场景：读书的时候，携带一个星期需要吃的咸菜和大米；一边放牛，一边仰望蓝天白云；近似的生活背景和相同的苦读，并在同一个时期走进大学之门；我们在同一个时间段抛弃了在内地的稳定生活，开始了在深圳的第二次创业；我们各自拥有一个胖乎乎的爱吃牛排的儿子；雄前"从故乡到深圳，整整隔着八百公里河山"，而我呢，相距一千二百公里的山山水水；等等这些，都不是巧合，而是命运的安排。

阅读一本好书可以让人开心。当然，也是一种学习和思考的过程，通过联想和体验的方式，借鉴别人的思考，来一场精神上的盛宴。

在这本《潇湘多夜雨　岭南有春风》里，字里行间经常出现的是他家乡的土语，例如"咯哒""么子""解手""落地""上山""受罪"等词语词义，跟我湖北黄冈老家的家乡话的词义解释一模一样，这无疑使我和他之间拥有了共同的语言基因密码，不知何年何月早已潜伏着的一颗友谊的种子，很快就在骨肉中长出了新芽，我们之间产生某种共鸣和亲切感也就是自然而然的事情了。

我也有"偷吃月饼"的时候，见了别人捡到钱心生嫉恨，我也在思考我的故乡为什么出武人，这一切与雄前文中回忆的故事竟然如此巧合。背井离乡和落叶归根两者矛盾的统一，竟然也和谐共生，在他和在我的意识中如出一辙。他"16岁从故乡走出来，每走一步就回望一次故乡。充满痛苦深情，充满决裂"；我17岁离家，跟雄前一样，一步一回头，那来时的道路，竟然是母亲长长的思念。

在他的书中，故乡是他最为原始的生活背景，虽然离开了三十多年，"但故乡对于我，却是生命的底片"。

儿行千里母担忧，在母亲的坟前，他道："想起她的不容易，想起她对我的爱。在高速公路飞驰时，想起她我就减速；在碰到难题时，想想她我就咬牙；在偶尔通宵达旦疯玩时，想起她我就回家。"

他认为，"爱，是一种约束！"

读完了，我闭上眼睛躺下，仍然沉浸在一个相同梦境的氛围里。那是一个巨大的闪耀着万丈光芒的梦境：有山、有水，有悲哀、有失望，有狂喜、有愉悦。雄前一生前期的奋斗，像一幅雨后夏天傍晚的风景画一样，悄然展现在我的眼前。一切都发生在那个湖南中部的双峰县里，在家乡的大地上，有供销社，有山丘田地，有农人的身影，有莘莘学子。湘中大地的一切都笼罩在清澈柔和的光线之中，我可以看到很远很远的地方，看见雄前母亲的语言和手势。

我的感觉是，偶尔站在别处看看雄前所走过的路，那才叫作每一步都走得不虚浮，一步一个台阶，脚上永远粘有大地的泥土。一个人一辈子间歇性地努力不会给人真正的好运，只有将努力持续化、常态化，形成习惯，融入血液，才有机会和能力，如同雄前一般，德艺双馨，过上自己想要的理想生活。

财富

前些时，雄前参加一个读书活动的启动仪式，一行有六七个人。他们共同站在仪式的活动中心。有作家、有记者，还有其他的那个谁呀谁的。不知道是什么原因，我总觉得雄前的出现显得格外耀眼，格外引人注目，也格外僵硬。究其原因，也许是放牛娃和农民的生活在他的身上没有完全终结，这一切应该是他具有某种别人身上所没有的天生特质的缘故吧！

活动中心的台上，六七个人同时竖起大拇指，在指头向上翘的时候，一位朋友用手机拍了下来，将照片发在朋友圈里。我看见雄前一脸的稚气，呆萌的脸上溢出笑意，那笑意是硬生生从他的脸上挤出来的。此情此景，让我哈哈大笑。我左看右看，感觉他依旧是个放牛娃，是一个本质上的农民！

雄前说："我为队上放养着全公社最大的一头水牛，在每一天的清晨和黄昏。风和日丽的春日，我听过阳光和水牛一起吞噬青草的声音，欢快而悠远；昏黄萧瑟的秋天，我听过秋风收割土地的声音，冷酷又短促。"

我以为，当一个放牛娃，当一个农民没什么不好，更没有侵犯任何人的私人权利。但是，他的回忆，让我的记忆和思绪焕然一新了，我似乎立即想起自己的过去。看了他的文章，我意识到，自己的记忆没有被篡改，在我的投射下，一切都还原了真实。我也暗暗下定决心，以后自己的写作，应该如同雄前一样，朴实无华，脚踏实地，绝对不能那么伪善和不着边际。

由于业余从事写作的缘故，我认识了很多的名人。虽然我跟他们打交道的机会非常有限，但是，或多或少跟这些人都有一些近距离的接触。而现在，我在跟雄前打交道的过程中，发现他虽然是放牛娃出身，但却是一个很有文化底气的学者。阅读他的文字，感觉洒脱，脍炙人口。这些感觉让我的神经蓦然一跳，眼前立即焕然一新。他的文字的确有一种莫名其妙的说服力，让我的思绪不自觉地被他引领。虽然他的语音表达过于费劲，但是我仍然能够从他的书面文字中感受到朴素流畅的旋律。

在跟我一起交流的过程中，雄前认为，没有阅读能力的群体，没有被文学浸染的人们，与患口吃和失语症的人群十分相似。当然，这个观点对于每一个人而言，也是非常适用的。而我同样认为，如果一个人不阅读，或者很少阅读，或者只读垃圾文字，他可能还是会说话，但是，由于语言粗俗、贫乏，说的完全可能是屁话，因而在人际交往中会遇上许多的麻烦。

雄前喜欢独处，一个人只有在独处时，他才能完全做一个真正的自己。同理，一个不喜欢独处的人，在热闹的场合浸泡的人，是对自由缺乏热爱的人，因为一个人只有独处时才能获得心灵上的自由。

我想，雄前一定是很想一个人住在某一个安静的星球上，看不见任何地球上的生物，避开不必要的烦扰，就那么自己对着自己说着湖南双峰话过上一阵子。或许，那是对这位饱学之士笔耕不辍的最大褒奖。

对话

我从雄前处获益很多。他是一个有文学信仰和文化修养的人，而且，信仰得有些偏执。这种信仰的力量是无穷无尽的。他的观察、思考和把握语言的方法、技巧，通常是具有创造性的。和他交往、对话，其实是在读一本本经典的、不可或缺的书。作为一个评论家，他会有自己的独立思考，他从来不会用那种熟悉的、俗气的个人情感去代替自己对文学价值判断的标准。

说实话，最初，与雄前进行语言上的交流，对于我的耳朵是一种莫名其妙的折磨。上天赐予这个人天分时，也会随手相赠很多苦难和与这个世界极端不相融的劣势。

他来深圳多年，居然还不会讲普通话，满口的湖南双峰语。雄前说话时，就像一锅永远也炖不烂的回锅肉，话说得半生不熟，我听起来也是懵懵懂懂。时至今日，他在跟我进行语言上的交流时，依然不会讲普通话，依旧用一口湖南双峰乡音对付我。

久而久之，我就听习惯了他的双峰话。虽然还是有些磕磕绊绊的，但我感觉他的话，毫无掩饰的纯洁，显得特别朴实和自然。他的人、他的文字、他的作风和他说话的口音一脉相承又完全不同，统一和谐又显示出强烈的反差，让你在记忆深处没有办法忘却。

我想，他的"故乡话里永远包含故乡赋予的思维"，是他生而有之的、天经地义的权利；也是其习惯思维的自然延伸，更是一个无法选择的结果。但是，这一切并不妨碍他书写文字的速度和质量，相反，他的口语和性格，造就了一个从乡村走出来的具有湖南特色的、文字功底深厚的英才。

在我和雄前不断的对话中，他那种关于创作相关问题的"独特的理论"表达，让我非常兴奋。在通常情况下，我们之间的交流未必完全按照我们事先预设的话题进行，我通常会有出乎意料的收获。他对文学文本、社会现实、家乡乡愁的独特理解，在我们之间不时擦出火花，我甚至特别喜欢他的那种对自己过去生活的原生态的思想表达。

在一定程度上，我跟他的对话是一种再学习，是一种高质量的切磋，是我对我自己和我所写作的文本的再一次解读，也是他有意和无意地对我这样一个写作者的启迪和教诲，更是一个高段位评论家对一个自由作家的质询。我跟他之间的对话，引申出的共识和共情，激发我对于自己过去写作生活的思考和回忆。从实效来看，他的意见究竟在多大程度上影响我后来的创作，虽然很难用一个具体的数据去量化，但我比较固执地认为，让我在写作上上了一个崭新的台阶。

眷恋

人生所有的经历和历练，走过的路和行过的桥，都是最宝贵的财富。那些难熬的苦，那些必须经历的贫困，也都是一条弯弯曲曲的向上的路。在历经沧桑之后再回首望去，曾经的惊涛骇浪都不过是浮尘过往，一抹残云而已。

"和所有中国的父母一样，我望子成龙。"雄前在书中真诚地写道。

是的，父与子之间的爱，是不需要理由的，因为无关利益的爱才能称之为爱。一段真正的血缘情感之所以难得，便是因为它无法脱离俗世，是因为它只有"爱"而毫无原则可言；是因为这种爱始终融进他和我们的生活之中，成为我们身体里生命的化学元素。

细想雄前对于家乡、对于母亲的情感，也是一段原始的、没有外来生物侵入的关于"爱"的纯真情感，或许可以理解为是他的个性使然。他虽看起来有些另类的倔强，但骨子里仍是想要一份温暖，需要光明，需要依靠"故乡"来满足精神上的需求。尽管他在大都市生活了大半辈子，但始终"需要亲近土地、月亮、禾稼、草虫这些简单的同时也是根性的东西"。

"那高耸入云的水泥森林，让城里人久违的清风明月；那永无止息的车流噪声，让城里人陌生的鸟语虫鸣；还有那步步追魂的生活节奏、处处逼仄的心理空间、潮起潮落的时尚转换……"因此，在一个以生态文化为主题的城市生活圈子里生活着，"多多少少地满足了我欲了还续的故里情怀"。

虽然说我们应该习惯失去某些东西的日子，或者说，失去太多，也就习惯了。但雄前非常努力地，也是在拼着命地维护这份残存的眷恋，否则他又怎会"每一年都需要这样一个夜晚，对自己脆弱易碎的人性和凌乱不堪的精神进行一次整理"呢？因此，他认为，"乡愁是人类永恒的冲动。不管我多么热爱城市生活，不管故乡离我的生活现实已经多么遥远，但是在城市漂泊了这二十年以后，我还是得悲哀地承认，我忘不了乡村。在工业文明摧枯拉朽扫荡一切的今天，有多少个夜晚，在酒醉饭饱和打牌胡聊之后，我多么怀念乡村夜晚特有的圣洁、轻松、安谧，那是真正能凝聚白天劳作消失殆尽的激情、神性和温情的夜晚啊！"

雄前对儿子说："我的故乡于你，只是和深圳不同的场景和生活。在那里，你能够自由奔跑，你能够忘情玩耍。你能够做在城市里做不了的事，譬如，骑牛骑猪，用炮仗吓鸡吓狗，用蚯蚓钓鱼钓虾。而现在你长大了，这一切都成了小儿科。"

先生

在我的印象中，雄前尽量避免出席一些热闹的场合，不爱与有社交狂妄病症的人相处，懒得搭理那些不三不四的人和不三不四的事，性格趋于善意的偏执，但如若在没有人与人交际的场合，静下心来，我感觉到他的情绪充满了生命的欢悦。

"自己对自己说话"这样的内容常常出现在他的文中，也正是他本人一生的真实写照。"自己对自己说话"，意味着心灵的独白，语言变得更加有张力和感召力。在写给儿子的时候，他写道："你奶奶已经去世六年。六年间，我每年都回去一两次。每一次，我都要坐在她的坟头跟她讲一会儿话。"

我想，他的那种孤寂，是一种在静谧中交谈之后愉快的冲动。

雄前继承了母亲的倔强、善良和不屈，或许是因为他得到的母爱太过博大而朴素，内心极度依恋母亲，并且自觉不自觉地成了母亲所希望他成为的那种人。奔波的人生被童年尽管贫穷却拥有情深似海的母爱所治愈，成年之后，一切的不幸和坎坷都显得微不足道了。

雄前重情义，与父母亲，与兄弟，与同仁，与好友，与乡党，永远有血浓于水的千丝万缕的联系。性格决定命运，身处中年的晚期、接近晚年初期，他的又一个"青春期"正在萌动。

我在想，如果雄前没有经历童年时期的放牛娃生活，没有经历过贫瘠和物质生活的窘迫，没有在高考前夕熬夜苦战，或许，他只是一个庸碌的平凡人。也许他依旧会有一个幸福的结局，同样可能得到世俗里面的安稳圆满。但是，中国一定少了一个一流的书评家和优秀的编辑，或许还会少了一个优秀的文学家。当然，在我的心目中，绝对会缺少一位偶像一般的"先生"，我的过去和将来的日子也会感觉虚度，没有光彩，黯然失色。

　　我们的这个社会缺少这样的先生。这样的现实，我知道得很清楚，因为我这样地呼唤过成千上万次了：我们需要先生，需要成千上万个如同雄前先生这样的先生！

2021 年 2 月 28 日于深圳福田

贴地飞行

——从南翔新著《伯爵猫》谈开去

迎面相遇

这里的迎面相遇，包括我跟南翔新著《伯爵猫》的遇合。这部由作家出版社出版、入选该社 2021 年度好书的《伯爵猫》，是南翔最新的一本短篇小说集，收录了他近几年发表在各大刊物上的 16 个短篇，其中多个作品为多种刊物转载，或上榜、获奖，或入选年选。由这部短篇集子，可以窥见南翔的审美理想、小说风格及文学追求。而另一层意义上的迎面相遇，则是彼此的人生交集跟心气交通——我更想从与南翔的结识，谈及对他个人，以及对他的虚构与非虚构的印象。经此，也有利于让更多读者明白，南翔为何写作，又为何会有这样一本与众不同的《伯爵猫》。于我而言，这样的迎面相遇，称得上是一种私心所系。

那是本世纪初，在一个作家座谈会的间隙时间，深圳本土的一位作家自告奋勇地拉着我去见南翔教授。

那个时候，我大体上还是个对文学感兴趣的新写手。自己有生以来第一次接触著名的小说家，非常想知道小说家究竟是怎样思考，怎样创作的，他们具体在想什么，过着怎样的一种生活。与此同时，我渴望知道自己怎样才能写出小说，怎样才能成为一个好的小说家。因此，我觉得能够结识南翔教授是一次机遇，于我而言，见一位资深教授兼作家，这样的机会实在难得。

我感觉到自己的脸上有些热度，惶惶然。南翔见了我，只是回以很自然的微笑，很随意的那一种，极其具有亲和力。

当我们之间的谈话转向读什么类型的书之时，陌生的状态才荡然无存。记得，那天南翔身着一套灰色细条纹夹克衫，戴着他那招牌式的无边近视眼镜；他个头高大，脸庞瘦削；双眼机警而沉着，眼神里透出一种发自内心的真诚和自信。

一直期待见他的我，那天则是足蹬一双警用黑皮鞋，穿一件松松垮垮的棉布白色圆领衫和一条黑色布裤。在一圈人的环绕下，我俩居然显得有些旁若无物，较为深入地进行了交谈。

我虽然也写过一些东西，却与文坛无甚瓜葛，也无职位头衔，至于文学奖则是一个都没有。我这样一个学习写作的新人，骤然间与一位名作家、研究生导师迎面相遇，并且成了挚友，个中缘由，时至今日，我依然难以捋清头绪。

在我看来，稍有点名气的人，在世间有许多张扬乃至跋扈的理由，而很多人或也因此未能行远。见了南翔以后，我才知道什么叫作谦抑，什么叫谦谦君子、宽厚尊者，而且大凡有道行的作家，其声望与谦恭程度是成正比的。

那天，两人热诚地交谈了半个多小时。南翔的话语从西方经典文学作品到中国文化经典，从中国史到西方文化、宗教，人性与自我、阅读与思考、思想与自由、思辨与实证、当今文坛现象，天南海北，无所不谈，角度睿智而独到，属于听过就不能忘记的那一种。

谈到小说，南翔讲，一个作家既要能够提供令读者"信服"的故事，又要有形而上的精神追求。很显然，南翔这也是夫子自道：一方面严肃探索其内心深处的主题，保持追求真理的志行；另外一方面关注芸芸众生的日常现实，追求一种使众多读者和作品产生共鸣的社会效果。总之，他对人生和写作的看法，见常人之所未见，给我以启迪，给读者以启迪。人生何幸，在此之前，我看到的只是生活薄薄的表层，而南翔则力图发现更幽深的生命真相。

由于还要继续开会，我们之间的交流不得不中止。

接下来，会议中有南翔的发言。他看似没有做任何准备，完全是脱稿讲话。我听了他的发言，感觉跟其文字一样，通俗易懂，简单朴实，但却意味隽永，通透豁达，有一种从未领受过的纵深感。一个中文系专门研究文学并长年跟文字打交道的专家，即使将学富五车、高屋建瓴、一语中的、倾倒四座这一类美好词汇全用在他的身上也绝不为过。但是，此刻，我依然觉得他只是一位和蔼可亲的良师益友。

他讲话的声调虽然不高，但是从容、清晰、流利、简朴而恳挚，充满了对文学、对读者和对我们这样一个社会的深情厚爱。我感觉自己完全被他吸引和征服，不自觉地进入了一个阔大无边的文学世界。

我在倾听的时候，个别参会者的嬉闹声隐约可闻，我皱眉循声，扭头瞥见会场外那些被风吹得飘来荡去的细碎树枝，忽然有些走神。看来，在如今这世道，南翔自己就是这个剧本的主角。发言中，他能够用简短的语句在短暂的时间里将我的心弦拨动，具有瞬间捕捉人物动作和肢体语言的直觉和能力，如今，能在现场听他布道，实在有缘。我想，为了适应写作这种艰苦的、创造性劳动的需要，他一定是从一开始就培养了自己的优良品质。在我的印象中，一个软弱的人不能胜任作家这个职业长期艰苦的劳动。而性格的坚定是建立在信仰坚定这个基础上的。一个人要是对社会、事业等方面没有正确的认识和坚定的信仰，也就不可能具有性格的坚定性。而一个经常动摇的人怎么可能去完成一项艰难困苦的事业呢？

那次座谈会以后，我和南翔经常碰面。

悸动不安

从交往之初，我和南翔都在寻找对方身上与自己相似或不相似的地方。内心里，我和他一样是一个安静的人，我自觉文字基本功欠扎实，甚至未必谦虚，遇见对我的作品指手画脚的人，无论我多么努力地伪装，拼命挤出微笑，脸上也会露出不服气的表情。在我的印象中，南翔则是一直生活在自己的精神世界里，平常、简单、谦虚、谨慎、朴实、勤奋而自然。在他的衬托下，我为自己生活在俗不可耐的环境里而悸动不安。

越寻找，越能发现，过去与当下，都有一些写作者，为了蹭热点和卖点，博眼球，面对传统媒体和自媒体高谈阔论，自欺欺人地觉得自己学识渊博，自以为为大众、为社会、为他人乃至为人类做出了多大贡献。可是，这些人在自己的文章中说过几句真话、实话和发自内心的话？可曾有过自己独特的文学审美追求？那样的作品多不胜数了。这类人借着一点虚假的情感，骗取读者的关注，骗取某些无知者的眼泪，继而为其虚头巴脑的名气廉价吹捧。

在我眼中，南翔不是这类人，恰恰相反，他是一个少有的通才。他的意趣远远超越了一般作家在写作上的单一性，他的丰富、坚定和纯粹在于，说就要说清楚历史与现实、生活与文学，包括纪实文学与民间艺术的种种关系。我们的阅读和生活，都需要这样的通才学者，需要更多这样的敢说、会说、说得清楚与表现透彻的作家。

南翔的很多作品，都蕴含着他内心深处的温热与挚爱：他把这种温热与挚爱，倾注于《手上春秋——中国手艺人》文本中，倾注于其中所述的各种行业上；他对手艺人技艺情有独钟，真诚地为其树碑立传；他不辞辛劳地进行田野调查，采访深入，勾勒传神，描绘细腻，笔触独到，深刻犀利。尽管个别地方在逻辑上或许显得太过严谨，认真恳挚，却是清气长在。

其中的《木匠文叔》，写了一个"过时"的老木匠，在深圳宝安松岗搞了一个木器农具陈列馆，而且老人近来还做了不少缩微农具。在深圳这样一个现代化程度很高的都市，有这么多的本土农具陈列，是一件多么有意思也有价值的事情啊。文叔现在的境遇，实在是得益于南翔的书写与呼吁。

《手上春秋——中国手艺人》一共采写了十四位传统非遗传人，加一位当代工匠。倾力成书后，替人立传的南翔感慨："写作者也是另一种意义上的手艺人啊，至于能否兑取'百态千姿笔底风云书卷'的状态，则可大打问号，那或许是终其一生都难以抵达的目标。"

这就是南翔，没有虚骄之气，贴着土地，振翅飞行。这还是南翔——他在深圳百师园做出了这样的评断："以我观之，百师园的主要功能大致有四：展览、研学、讲坛、文创。如果说观摩非遗展品是进门之第一要义，也最能体现一座博物馆的功能；那么欣赏与购买文创产品，既是观者离园之前的心愿，也是博物馆不可或缺的商业价值之考量。夹在中间的研学与讲坛，才是一座综合性非遗园的文化价值之重心。"

中国文学评论界也注意到了这种"从细微之处入手"，一些段位极高的评论家不乏如是中肯的评论。

回到他的短篇小说集《伯爵猫》。

在短篇小说《钟表匠》里，南翔感慨："如果时光能够倒流，我们还有多少可以弥补的遗憾与重来的选择？"

《钟表匠》拥抱了喧嚣、热闹、繁华的商业街坊边缘处最为古雅阒寂的小铺，这角落里的清静之地，书写了老钟和老周两个小人物之间发生的平实但却动人的故事。这两个老男人都是失去伴侣的独居老者，他们在精神世界里偏安一隅，是当今社会中被最为主流的声音所忽视的主体存在。两个老男人的友情，温厚、长远、清淡，如同绿叶和鲜花向往阳光。老年人总是向往年轻的，而人终归会老去，唯有真诚、共识、爱意、情怀、炽热与友谊，不应该老去。此乃这个世界永远值得我们盘桓、留恋、面对与瞩目的坚实理由。

对于普通人的职业，南翔进行过这样的思索："一种职业的老去，和一个人的老去，此间两两相加，会淘洗掉一些什么？还会留下一些什么？这是这篇一万两千多字的《钟表匠》想要露与藏的。"

南翔将关怀的目光投向一群最无助的弱势群体，抑或是无人关注的角落。从序曲的漫不经心，到后来的冷然驻步，时间在流淌，日出日落，友谊在加深，故事却是地久天长。历史渊源、都市生活、民俗风情、传奇故事，浓缩成一幅绚丽多姿的深圳浮世绘，关于真诚、温暖、陪伴、情绪、疾病、生存、诺言、烦躁，对未来的信念，以及挥之不去的生活焦虑。

当今某些作品纷纷以写实为名，却是行市井之实，并且引以为豪，最可贵的烟火气、思考力，一样没有，好像天生就学会了屏蔽其所置身的环境，作者的文风与思维方式丝毫不受影响；或似浸润很深，深不见底，只是深得不时泛起腐臭气息。南翔绝无迟疑地选择了脚下的那片土地，选择和那些最普通，又最不容轻忽，虽然汗流浃背，心灵却最高贵的群体站在了一起，选择了古典和沉静。缘此，他优美的文字便自带特有的音乐感：讲究节奏，轻重缓急，不徐不疾，张弛有度，完全没有时下碎片化的，讲究兴趣、刺激和速度的那些"心灵鸡汤"的腻香。

但凡读过南翔的文字，都没法不承认他文学功底的深厚。四十余年的坚持写作与探索，功底扎实，马步极稳。一部分人会一读上瘾，从此终生都做了他的粉丝；还有一部分人不顾而去，因为分明感觉到了来自其文字的某种威压和差距，觉得自己的表达还很寒碜。我既属于前者，亦属于后者。

有会于心

在阅读南翔小说的过程中，我的心情每每会随着阅读的内容变化起伏不定。无论是他的小说还是大家巨匠的经典作品，常给我这样持续不断的悸动感觉。

南翔小说和扎实的文本有关，和思想穿透力有关，和真情有关。他的虚构，既是毛茸茸的，又是清新脱俗的。这样的虚构，通过文本的夯实播散影响力，以此提升大众的生活品质，我不能不心向往之：虚构的可能是他，可能是我，也可能是你；虚构给我们安慰，虚构为我的乡愁和失意做出补偿。南翔的小说让我在精神层面上如对星月。

　　小说《玄凤》，写了由于种种原因未能生育的一对夫妻，立春之际收养了一只玄凤（鹦鹉的一种），取名立春。经过精心照顾，刚养出感情，立春却毫无征兆地失踪了。失落的男人在梦中呼唤立春，夫妻俩在一次新疆旅行之后，女人做出了新的抉择。

　　《玄凤》发表以后，广东技术师范大学研究生王丽华在一篇《玄凤》评论中如是说："在南翔笔下，即便是在焦虑蔓延肆意生长的时代，人们也不曾丧失温柔与爱意。男人会为看穿女人不想生育的想法而选择按捺自己对孩子的期盼，画家会考虑到夫妻二人未曾生育而选择让女儿叫男人叔叔，女孩春迟会在离别时给男人一个吻，而女人在听见男人的梦呓后选择了克服自己对生育的恐惧。"

　　我是赞同这一评价的。好的小说，就是要让人读来有感悟，别有会心，如沐春风。

　　南翔在创作谈《由一只鸟说开去》中写道："眼前的这只玄凤，一身雪白，两只黑眼珠各有一圈儿隐约的丹红，头部丛簇的一排鹅黄色的冠羽，就像临时栽上去的。两颊各有一块圆形红斑，似乎是被一个调皮的孩童顺手一抹，便有了两块潦草的不着调的胭脂，既喜庆又滑稽。"

岂止《钟表匠》《玄凤》，我觉得《伯爵猫》中的 16 篇作品，每一篇都不同，每一篇都很具特色，使人流连。

如《凡·高和他哥》，南科大教师陈劲松博士为此写了一篇评论，题目是《每一个把苦难变成热爱的人，都是凡·高》，一语中的，道出了这篇小说的本质。还有一些评论者说："《伯爵猫》写了一个小书店歇业前恰是冬至的晚上，寒冷而温馨。"

小说采用了白描写法："原本鞋店到书店，直线距离不过百米，因了电缆或是煤气管道维修，道路开挖，半尺厚，一人高的塑料夹墙，挡住了捷径，需得阿芳带着电工在夹墙边七绕八转，才能抵达近在咫尺的对面的伯爵猫书店。电工嘴里不停地叽里咕噜，既是抱怨鬼天气太冷，也是在诅咒路面开膛破肚无休无止，'你有本事装根拉链吵，想挖扯下来，想关扯上去'！后面便是一句含沙射影的脏话。"

有关眼前的城市发展的故事，这些具象的描写，都是我亲历的，和我自己的童年所经历的一切一样清晰可信。毫无疑问，这是一个崭新城市更新的曲折历史，我的记忆中的细枝末节，点点滴滴，不断的同时也是很不完整地对我展现出它的过往。我们亲眼看到了社会颇成问题的某种状况之后，觉得南翔的描写很是到位。我甚至怀疑自己对现实的认识出了偏差。想到这里，不由得心中黯然。不过，地道的人总是诚实的，或许，我只是在某一个早晨看见了一缕清光而已，但愿事情是这个样子，见怪不怪。

一般而言，作为一个学习写作的新手，我要写的，必定是说不出来的，虽然感觉到了，但却没法跟别人去说的那些事情，是不可言之言，是不可意之意。或者，即使写一个亲身经历的故事，是自己亲身经历的，这个故事也是在时间中长成了另外一种叙事。一个作家的内心，是可以不断地编排和养育故事的。把一个小故事养大，培育成一棵大树，那便是小说成功的通则。

阅读南翔的多篇小说，那种睿智洗练的独特笔调，虽会给我带来不安、展望、忧伤、欣喜、残忍、温煦以及情绪上的多种波动，却也给了我的文学创作以新的梦境。

南翔的小说给予我诸多思想启发，我常常感觉有会于心。我一直都这样认为，精神上的追求和享受，本身就是目的，不能太功利。读他的小说，每常想的是我的差距在何处。这些反思，对自己的写作，无疑具有很大的启迪与帮助。

精神谱系

读了《伯爵猫》，我明白作家是有自己独立的审美谱系的。南翔早已习惯于以理性和艺术视角对事物进行观瞄，做出判断，自己承担责任和思考问题。他使用的语言干净、准确，又很具个性。在文学作品中，语言是思维的载体，直接影响着我们在现实生活中的诸多思考。一个人所使用的语言文字，直接反映了他的内心世界和精神坐标。

让我感受很深的《回乡》，在艺术上和写作技巧上无疑是成功和独特的，情节安排丝丝入扣，总体格调独特清新，其甘美的忧伤潜藏着对于历史与现实的不苟且态度，是暗下针砭。这篇小说无论行文风格还是情节设计，完全不同于南翔之前的小说，没有所谓的气势恢宏、历史背景、时空辽阔、纵横捭阖、风起云涌等写作铺垫，却又在一个时空庞大的叙事当中，用第一人称，借由"我"的观察，展现出淡淡的、令人不断思考的某种情愫，而临近结尾部分又不无遗憾地留下了再思考的空白，极富魅力和感染力。

南翔小说有一个共同点，即通过小人物的细腻描写而创造一个独特的世界，通过"我的所见所闻"而面带羞涩地完成一场告白，通过扮演"虚无"的传达者而探求人生欲望的记述。《回乡》中也可隐约感觉南翔的这一情思。小说主人公"我"投给现实的目光绝对不含有任何好奇、赞叹、奢望、艳羡、停待和期许，而始终透露出对真实生活的回望与内心苍凉。

《回乡》同时提供了细腻的心理分析，入骨的社会背景刻画，还有欲语还休的悯恤、共情和理解。但在这里我想指出的只是其小说叙述中所贯彻的一种特性，那就是对平凡人物的日常生活及细微层面的关注。读了《回乡》，我想起了自己的故乡大别山，想故乡山山水水的风景，想那里野花的芳香、河水的宁静、天上的云影，想往日的朋友、亲戚和家人，还想热乎软糯的糍粑。

《回乡》既着眼于历史的回想，更着眼于当下的精神出路，通过几个鲜活人物的不同棱面，晕染出一个大时代的截图，他的这种关注正好标示了小说的现代性。这是一个平淡而又充满焦虑，令人同情、绝望但却又不无希望之光的时代，在那些狭小的私人空间里，我们可以看到作者细致而缜密的观察，一面透过亲戚朋友对"大舅"的"围观"，表现出人们对于另外一个环境的渴望；一面以"我"的视角，观察"大舅"感到的遗憾和失落，而斫取背景影像。作者的淡淡忧愁和怅触，跃然纸上。

《回乡》其实可以有很多层的解读和判断，可以看作一个精致的政治寓言和国人在那个特殊年代生活的背景，同时隐喻了复杂的社会权重和时代走向；从另一个角度，也可以看作完备的社会学研究资料，因其描述了如今正步入中老年一代的复杂心态。

南翔的小说，其文学"意趣"远远超越了作品本身的意境范畴，更加接近中国文化"意象"层面的浓墨重彩，是一种有深味的立意和标新。他的写作，有一种从秩序到情感的转换，最终还是回归了他的哲学思想本原，纵贯"胸中逸气"于整个文本并还原自己的精神世界。

自《伯爵猫》逐扇打开的人物窗口，可以窥见这些"逸笔草草"的意境追求，这或许也是作家心境中最直接、最迅速的表达出口。此中呈现的"胸中逸气"，其形其意不再是约束思想的障碍，而成了不断凸显作家追求、既潜隐却又生发的精神谱系。我以为，一个作家建立起了自己完整的精神谱系，让读者的心灵可以安放其间，哪怕空间很小很主观，哪怕这样的书写只是一个村庄，或只是城市的某一角落，都能呈现一个万花筒般的丰富世界。

就一个写作者而言，如果自己有过波澜壮阔、欲说还休的经历，那么在具体的构思和写作过程中，恐怕唯因其波澜壮阔，因其难以言说，写作的人将愈发为某种势不可遏的无奈感所俘获。与此相反，也有人虽然没有惊天动地的经历，却能以与众不同的视角，从一点小事中感觉出妙趣、哀愁或无限沧桑，并浅显易懂地讲述出来。毫无疑问，南翔的文学实践完全具备这些特点和构成要件。我觉得他已处于小说大家的位置了。

绿皮火车

南翔的小说并不是以情节取胜，更不是以哗众取宠的剧情铺陈吸引读者眼球，但他很善于编织故事经纬。他的小说大多是板块式结构，一章章可以明快地切分开来。所叙述的故事，在推进过程中不断花样翻新，不断给人以意外之感。或者说其构思不落俗套，表面上平淡无奇，实则视角新颖独特，卓然自成一家。细细品读，往往令人觉得"悠然心会，妙处难与君说"。

南翔既往的《老桂家的鱼》写的是城市边缘的底层人生活。南翔写他们生活的困窘、无聊和无可奈何，同时展示底层百姓相濡以沫的简单、淳朴的温情，让读者意识到，这些为我们日常所忽略的群体，他们也有自己对幸福的期盼和向往，有自己的需求和愿景，有善良的人性，我们没有理由忽视这些人与事，应该给予他们更多的关注和同情。

在《绿皮车》中，整篇作品可以说没有一个主人公，又似乎有许多个主人公。它通过描述乘坐绿皮车的这些人物的点滴生活，人生百态，描述了一幅富有感染力的人情俗世图画，绿皮车就是一个流动的茶馆，千形万状，在一定程度上可以看作是"老桂"疍民生活的普泛化。

《伯爵猫》小说集中，《遥远的初恋》空灵剔透，如烟似雾；《疑心》扑朔迷离，悬念迭出；《抄家》响落天外，旨趣幽远；《回乡》纵横捭阖，进退自如。

在这里，我想重点说一下南翔对自己过往经验的独特表述。我们这一代人都经历过上个世纪六七十年代。南翔关于那一段非常时期的文学叙事，如《伯爵猫》中的《疑心》《回乡》，还有未来得及收入的中篇小说《远去的寄生》，其背景我们同龄人都记忆犹新，是虚构也是非虚构。可以这么说，那样的文化氛围一经建立，人人彼此都互存戒心。在面对一些人企图回到"过去"的不正常的社会现象的时候，南翔有了一种超乎寻常的敏锐，他喟叹道："在一片围剿与挞伐之声中，我隐隐嗅到不祥的气息，这来自我对那个年代生长出的对极左的敏感与免疫……"

经历过荒唐岁月的南翔，一介书生，成就了精神上的印迹和财富，近于泰戈尔曾说的"只有经历过地狱般的磨炼，才能炼出创造天堂的力量"。

可能不只是南翔一个人，我们曾走过相似生命历程的，大多都缘此而能凤凰涅槃。整整一代人，总是感觉到被雷火烧蚀、雨雪侵袭的生活不堪忍受，每每让我们遍体鳞伤，可往后，特别是到了一定年龄，受的那些伤，却蜕变成了我们最强壮的肌肉与骨骼。

我佩服南翔出色的文字运用，每一篇小说，无论是叙述还是白描，都显得优美清丽，抒情传神，自然流畅，一泻而下。全无磕磕碰碰、弯弯绕绕、坑坑洼洼的滞重感和摩擦感，而有一种御风行舟般的精神上的快慰，阅读他的作品，让我享受到了特有的美妙和幸福。

《伯爵猫》的每篇小说，其语言都很用心，精练、准确、传神是最大的特色，贯穿始终的则是含蓄。《回乡》中的"大舅"，一旦被穷困的乡亲包围，"当然也有一些千方百计将一两句话挤扁了磨尖了，插将进来的乡亲，那是有一点将血缘遥远的外衣，抖出几缕周正的线条来灯下相认的意思"，很独特的叙述兼白描，将复杂的人情关系简洁而逼真地展示出来了。

语言本身就是一种史诗性的器具。南翔在小说中所使用的语言，触及的一切物事伴随着混响和透视，如雨后春笋般次第涌现，如同富有磁性的波浪，曼妙悦耳，其音响效果是心理上的，其言外之意是精魂上的，铿锵有力，回声激荡，文本韵律和体裁的多样性令人击节。

我常常被南翔的抒情、独白和叙事技巧所吸引。一篇文章在手，有如在黑夜之中，点上了一盏心灯，安静地听了一段悦耳的音乐，节奏、旋律、隐喻，交相呈现，既是一场任由思绪碰撞的盛宴，亦是一种精神的慰藉，八音震响且富于立体感，随着阅读情绪的起伏，跟随音乐的节奏，被文字符号所引领，进入一个鲜花盛开的世界。

为南翔文章所生发的音乐符号催醒，我居然也有了共感力。人之所以阅读与歌唱，就是因为想拥有共感力，想脱离自身狭窄的硬壳，与更多的人共同分担痛苦和欢乐。可是道阻且长，事情并不那么简单，所以，我想在阅读中，首先要极力成为南翔的共感者，让悦耳的旋律能常常在耳边响起，成为自己写作时的背景乐章，能身入图画，目接春芳。

独出机杼

南翔教授出生地为广东韶关，长于江西宜春。在那个地方，在那个时代，在一个小镇，在一个三等车站，土地板结了，一切匮乏。涧深思日照，当人们都处于无可奈何之际，却更加催生了一位青少年对文化知识的渴望。一个逼仄的环境反而成为一个有成就者的熔炉。如果他用自己的语言写出自己的经历、感受和理想，那不仅是为了展示他风格上的实力或者扩大他的读者面，而且是向他的童年、少年和青年，以及曾经予他苦难生活以文学滋养的年代致祭——他的车站，他的绿皮车。

在老一辈作家中，南翔看重沈从文、汪曾祺、白先勇等，他们都是经营文字、注重文体的大家。代有承传，南翔看重的，也就是他追求的。他甚至做到了每篇作品的语言、文体都各有特色，引人入胜。我所认识的许多读者是否也有同感且另当别论，但有一点可以肯定，南翔一直在对文体进行独出机杼的尝试，这是毋庸置疑的。

写作既是南翔的一种生活方式，也是他的一种生活态度，与此同时，写作也让他呕心沥血。作家是体力和精神的超强劳动者，作家独立性的劳动非常艰苦，南翔却乐在其中。简言之，文学就是他成长的宿命，他对人的兴趣和探索，必然会使其好奇心从探求人物的历史过渡到探求人物深邃的内心，而这也是他所有文学作品中表现出来的最为健康的好奇心。在探索中，南翔有着自然而然的淳朴、倔强、执着。他笔下的文学王国，由无数个实证的细节所构成，那些场景、对话、玩笑、嬉闹、趣事，对边边角角事物的白描、叙述的口气等，无不透露出他自身生活的一种质感。而在这种密集的各种故事的描述中，我仿佛又在和一个梦想的环境劈面相遇。

据我所知，南翔进入创作过程，尤其是篇幅较大的作品，如同进入一片茫茫的沼泽地，没有可以称其为路的路，前不着村，后不靠店，等于是一个人孤零零地在纸上进行一场不为人所知的长途跋涉。但他绝不犯怵，绝不懈怠。写作是南翔生活中快乐的事情，也是最为重要的选项：日复一日、年复一年地构思一个故事，从一个朦胧的想法开始，过去的生活经验在记忆中复苏，先是躁动不安，逐渐变作一股激情，进而成为栩栩如生的白日梦，催生他的狂想和决心，然后是投入全副精神地把这涌动的幻影云团变成一个个精粹的讲述。

当然，写作也是南翔对生活的一种主动选择的结果。写作是充满幻想和欢乐的生活，是他心中的一团火，是在南翔的脑海中缤纷四散的礼花。他感觉必须与那些倔强的词语搏斗才能掌握并且驾驭它们，只有探索了更加广阔的世界，像一个猎人追踪诱人的猎物一样，才能更充分地孕育一个处于胚胎状态的故事，才能满足每个故事的贪婪胃口，而当一个故事真正开始长大时，它会把所有其他材料统统吞噬。痛，并快乐着，那便是一个小说家的十月怀胎。

对于南翔而言，一个小小的准确判断是一种快乐，隐隐预见并且实现了预见更是一种快乐。如果不能歆享这两种快乐，文人相见便是愁苦。然而只宜轻轻、淡淡、隐隐，逾度就滑入武断流于偏见，不配快乐了。

南翔的写作特点是，有震撼，有哀怨，有激昂，有情愫，看透了一切，但却依然将脸朝向阳光，依然心存善念。对社会、对读者抱有希望，依然爱着这个并不完美的世界！

读着南翔的文字，我发现，原来自己一直都不孤单，隔着纸张，总有灵魂相近的人，说出了自己想说的话！

良师益友

2022 年的春节，持续不断的阴雨笼罩着南国的深圳。朔风吹过，冷雨飘忽，乍暖还寒。连绵五昼夜的细雨，使人倍感阴冷。然而，南方的春天依然义无反顾地到来了。

我家所在的小区外，是八仙岭公园。信步公园里，但见得草叶闪着鲜亮的绿光，向四周释放出唯独植根于泥土的生物方能释放的、肆无忌惮的气味。草浪正中，一只椋鸟以展翅欲飞的姿态，紧紧地贴着地面，它当然不存在坠地的可能性，它是在贴地飞行。这一点我明白，椋鸟也明白。

移步之间，我看见草丛里不时有各种小鸟一跃而起，不知名的小虫也时而蹿出。眼下深圳的旷野已经是这些小东西的领地了，或许我已经成了扰乱它们常规生活的入侵者。更或许，小鸟和小虫已经怀揣着秘密奔向自己所认准的方向，可是，我全然揣度不出那里边究竟隐藏着怎样的秘密。

那个时刻，我一个人被抛弃在阴影之中。阳光此时不会再照到我的身上，除非我能够进入一个不可知的状态。不多一会儿，我开始感觉到体内泛起一股冷冷作响的担忧。就在这个时候，我来到八仙岭公园的东北门前，径直进入公共绿道，沿着草坪往街心走去。走过之后，我依然凝望天空，又俯视街景，身体绕到公园一侧。但愿在这一过程中，我能够看见光明。

好在能信马由缰地展开思考：我已经到了花甲之年，身体失去体面，几乎到了不堪一击的程度。但是，年长之际是回首往日咀嚼旧事的好时光。快乐，苦难，幸与不幸，咀嚼之下，便有了分量。猛然回首的刹那，心里却是空白。倘若一直在一个人的身后，他会遮住你的光芒，但你又愿意被遮住。我想，那应该是南翔的身影。那身影，是有质感的。我想，有质感总比空空如也要好，总之是有令人感觉得到的东西。这样比在空间飘着更让人心里踏实。

当年，南翔乘坐绿皮火车南来，带着辛劳之后的汗水，以及再出发的未知。我喜欢一切吸引人的味道，也迷恋这位作家散发的独特气息。我现在便深怀既亲切亦敬佩的心情。

二十余年前，南翔给我开了一份书单，我一直珍藏着。

英国谚语说："你的阅读造就了你，也就是说，你选择的不是书，而是你想成为谁。"

我觉得南翔所开列的书单意味深长，从中可见他和我们那一代人的阅读史并可管窥其成长史，那是一个不盲目跟风，有更多选择的阅读历程。那些书只能使人格中集体出现"超我"，读者在"超我"之中凶猛地成长，真正的"自我"依然在不分昼夜地紧贴地面飞翔。

如今，我可以坐在书桌前，读书，喝茶，听音乐，对着小区院落里的杜鹃花自说自话，这就是我已然开始了的退休生活，简之又简，素之又素。其实，人到迟暮之年，总是在问，从哪里来，到哪里去？——南翔早年有两部中篇，一部是《不要问我从哪里来》，一部是《不要问我到哪里去》，可我们都在追问，但最后终于给出的答案是：我阅读，我思索，我理解。

正值又一个春暖花开的季节，我在铺满了细碎日色的书桌前阅读。透过刺眼的阳光，我重新展开南翔给我开列的书单。这是一份永远不会过时的书单。

以前，只是粗略浏览过其所开列书单中的书籍。

现在，我终于有时间和精力坐在书房里，认真地精读了。

2022 年 3 月 10 日于深圳龙岗

来路与归途

—— 悼念父亲

相安共处

2015 年 11 月初，我正在参加一个紧急的公务活动。

由于公务活动期间不方便携带手机，我将手机存放在自己的办公室里。恰巧那天我的兄长打来电话，他想告知我关于父亲病重的相关情况。由于我迟迟没有接电话，他只好将电话打给了我的妻子。

公务活动结束的时候，已近中午。我妻子的电话随后就追了过来。她告诉我，父亲的病情一天比一天严重，没有任何缓解的迹象。如果方便的话，兄长希望我能够尽快赶回家乡一趟，送父亲一程，估计老人剩下的日子不多了。

妻子在电话里还嘱咐说，估计情况有点紧急，让我最好不要再回家里拿行李了，路上堵车，可以直接从单位出发，如果父亲的病情进一步恶化的话，她再带着儿子赶回老家。

妻子实际上是在暗中提醒我，很有可能，这一次是最后一次去看望已经病重多时的父亲。也就是说，父亲正在走向死亡，这一事实已经不可逆转，而且，其向死亡滑行的速度很快，濒临终点。

我挂电话那一瞬间，故乡的山水立即就浮现在眼前。我想象着父亲走向死亡会是一个怎样的过程。是痛苦的挣扎，还是平和的释然？我又该以什么样的姿态去面对这即将到来的事实。

随后，我拿起电话，把我父亲病重的情况向相关领导做了一个简单的汇报。让人欣慰的是，相关领导不仅批准了我所请的假，还在电话里再三交待说，可以先回老家看望父亲，请假手续的审批事项可以等处理完家里的事情以后回深圳补办；如果有什么困难，可以随时告诉组织，组织上会随时提供相应的帮助。

这是多么令人倍感温暖的答复啊！

我一边谢谢了相关领导的关心与厚爱，一边放下电话准备回家乡的行李。我把我的工作和职责暂时交了出去，在转瞬即逝的一个合情合理的告别责任和义务的时间段里，我决定慢慢休整一下自己的身心。

那时我正逢人生最大的坎，心境亦苍苍茫茫的。经历过不少人世间的凉薄与争斗，到末了，我更加感觉到父与子这份情义的高贵价值。而在平常生活中，高强度的声色犬马、尔虞我诈，我实在承受不了。仔细想想，这其实即是现代社会本身的形态，原子化的个体被强制纳入了一个个人无力影响的大系统的必然状态，所产生的后果是作为个体的人所无法把控的。

我已经有充分理由暂时离开深圳了，与烦乱的现实保持一个恰当的距离。我的状态或许更加纯粹、诚实、典型，隐喻出我和我所生活的环境在进行一场本质冲突的时候，我获得了一种临时逃避的机会。我在心存侥幸的同时，一块压在身体上的石头被临时搬开，轻松之感已然而至，就如同一下子卸下背负的万斤重担。

我身轻如燕，有了一种想腾飞的感觉。

说到准备行李，其实，我也没有什么好收拾的。平时的一些日常用品，家乡都能够购买，很方便。况且，家乡还有哥哥姐姐，生活上没有什么不便之处。

我将平时值班所用的一些生活用品装进旅行包，又把换洗的衣物和洗漱用具塞进一个塑料袋。最后是一台笔记本电脑，我用电脑袋套好，一并装进了旅行包。随后，我查了一下相关的交通运输时刻表。飞机是赶不上了，临近一班飞机的起飞时间只剩下五十分钟，到达机场的道路交通状况不好，经常堵车，没有把握，我不敢冒险搭乘飞机。我又看了看高铁列车时刻表，剩下的只有最后一班了。

我就直接乘坐的士赶到了位于深圳龙华区的高铁站。

我乘上从深圳北站发车的高铁，前往武汉。在武汉换乘动车，到达湖北黄冈。

这是个晴美的下午。无风。下了车，抬眼望去，蓝天白云。夏季早已远去，暮秋已经临近。在衬衣外面套上一件夹衣正好合适。这一切与我所感知的往常家乡的这个季节天气有所不同。天气暖和，气候宜人，几乎可以肯定这几天不会有气候上的波澜。

远处，在高远的天空，有鸟鸣叫。城市的周边，有水塘，有着广阔的树林。我扬起脸，环顾四周。唯独啄木鸟啄击树干的撞击声，寂寥地荡漾开去。其他的鸟叫的声音也只是发生在一瞬间而已，现已全无所闻，世界安静了下来，我一时竟是毫无所见。

在中国经济正以一日千里的速度飞速增长的当今社会，我的家乡似乎变化不大，没有成片的高楼大厦和商圈。这一景象让这个城市有了一种出乎意料的闲寂。人影稀少，道路也不是很宽敞。给人的感觉是，这里真像是世外桃源一样，似乎与其他的大城市在外貌和体量上有些格格不入。

我在动车车站前面一个餐馆里，简单地吃了一碗家乡小有名气的牛杂面，算是一顿晚饭。然后，我就又坐上了的士。

在去父亲所在的疗养院的路上，我打开的士的车窗。最先扑鼻而来的是令人怀念的青草的气息。那是很久很久以前家乡的气息。这气息却带有一种陌生的味道，这种陌生感将我同家乡连在一起了。这陌生感还是一个具体的纽带，但是，除了记忆的累积和储存，顷刻间，纽带不见了，一切似乎就荡然无存。因此，从准确意义上讲，这里已经不能再被称之为我的故乡。

而应该称之为什么呢？这一疑问给我带来了许许多多的失落感。

记忆之轴在我的身体内部发出轻微的吱呀声，是极为物理性的那种声音。

自从四十余年前离开以后，我就很少回到自己的家乡。原因很多，一来忙着讨生活；二来置身于故乡之外的生活和工作的时间过长，感觉回到故乡别别扭扭的。

当然，还有若干私人的情由。总之，我心甘情愿地回到故乡的机会并不多。这个世上有的人不断被故乡拉扯回去，也有人总觉得无法返回故乡，而我的感觉却有些不同。我以为，多数情况下是因为命运的力量，让你不得不回到故乡，而这一切与思念故乡的轻重程度无关。其实，情愿也罢不情愿也好，反正思念着，但却不愿意贴近她。

故乡是我人生的起点，是我整体生活的前半生。我现实存在的状态是我在故乡生活的延伸物。有关故乡的所有的事情、人和存在状况在不知不觉之中作为我的过去和今天，与我相安共处。而我的余生在我面前展现的只是一片迷茫和毫无理由的虚无。我不知道，我如今的生活，为什么过得这么惊心动魄？又如此不可思议？

在遇见现在的、真实的自我之前，我还得在我的故乡遇见过去的自我。这种千丝万缕的联系，这个无法在时空上切割的过程，可以粗略地称之为一种洗礼吧。

虽说有了这般的感觉，但即使经过多年的洗礼之后，自己也并不会变得愈加洁白无瑕，也不会涅槃重生，有时，反而会因为零部件的松脱而陷入衰老和无可奈何、无可救药的境地。

暖意尚存

我所乘坐的出租车在黄冈市区疾驰，满眼都是故乡 11 月的风。

这风不是家乡自然气候形成的，而是因为汽车的运动逆向吹过来的。那风一如往昔，从时间的远方阵阵吹来。若扬起脸侧耳倾听，甚至可以听见远处乌鸦鸣叫的声音。

我将暮秋的空气满满地吸入胸膛，目睹着过了季节的菊花零落的花蕾，我有了一种恍如隔世的感觉。在汽车行进的过程中，我仍然感觉到脚下有一种无可言喻的根深蒂固的东西存在。这种存在究竟是指的什么呢？我骤然间无从知晓。汽车播放着音乐，但音量很小，气势不足，旋律也是不清不楚的。

车上就我和司机两个人，由于跟司机没有任何对话，我只好竭尽全力倾听车载音乐。我静心而又专注地听了半天，才知道车上放的是一个不无凄切的、一个劲儿演奏的、类似佛教音乐的什么乐曲。

跨过热闹的街道，往前有条通往山上的坡路，一辆旧卡车拉着类似建筑材料的东西晃晃悠悠地往山上爬去。很可能早些时候这里下过一场雨，地面有些潮湿，细雨冷冷地淋湿了地表所有物体，到了下午接近傍晚的时候还没有干透。我怅然望着外面，心里想着父亲目前的状态是如何一个情形。

一路上都没什么车流，道路虽然不太宽阔，但也不拥堵，且都是一些闲静的住宅区内的生活道路。有几段街树繁茂的平缓坡道，忽而上忽而下。这一切与我童年时代的关于故乡的记忆没什么两样。只需要二十几分钟，十元人民币的车费，我就抵达了疗养院。

在疗养院的门口，一个保安模样的人核实了我的身份，然后告诉了我父亲所居住的病房房号。

曾经接待过我的一位青年女护士再一次接待了我。

她身材高挑健壮，一头头发染成了黄色，衬得她的皮肤格外白皙。她可能已经记住了我的相貌和年龄，比我前一次来的时候态度要和气一些，甚至非常努力地在脸上挤出了微笑。我猜想，也许是我这次穿着相对整洁一些，皮鞋也是锃亮锃亮的缘故，她大概也因此而改变了对于我的认识。

她先领我去了一楼的大厅，很客气地递上一杯冒着热气的绿茶。

"大老远的，从深圳赶过来，一路上很辛苦吧？"黄头发微笑着说，"是接到电话就赶过来的吧？你稍微坐一下，医生一会儿就过来。"

我说："接到电话就往这儿赶，一会儿也没有耽误。"

"你吃过晚饭没有？"黄头发关切地问我。

"已经在高铁站吃过了，谢谢你！"我说。

在等待医生的时候，我观察了一下疗养院的环境，感觉到这个地方俨然已经成为被时间完全抛弃的场所，或者说是一个不希望被时间发现而悄然屏住呼吸的地方。

朝疗养院以外的地方看去，林立的高楼上空，暮秋的晚霞凝固住了似的，但从底下望去，一条条线条状态的天空还是相当亮堂，给人以一种天色尚早还可出门去什么地方游玩一会儿的感觉。

大概半个小时之后，医生用纸巾擦着手走了过来。猛然看去，他很像是一个大学教授。当然，他完全有可能是一个名副其实的医学教授，或者是一个相类似的专业人员。他的年龄大约在四十一二岁，秃顶如同我的皮鞋，锃锃发亮。身材修长，气质上文绉绉的；穿黑色的夹克衫，里面是白色衬衣，下穿西裤，脚穿皮鞋。好像正在干什么活，一副很忙的样子。

医生的话与上午我的兄长在电话里谈的内容基本相同。根本问题在于，父亲是突然倒地的。之后，在一个短暂的时间段里，他的意识还是清醒的。再之后，便处于意识模糊的昏睡状态。体检也做了，按照他的年龄和体质，各项指标也看不出有什么大的问题。

"多器官衰竭，目前，从医学的角度来说已经没有办法治愈了。"医生充满遗憾似的对我说。

我观察他的表情，认真倾听他的用词。我判断，他的用心似乎是非常真诚的，说的全是实话。

"尽量多一些陪伴吧，已经没有其他的办法救治了。"

"现在，我父亲的意识还清醒吗？"我问。

医生喝着温暾的茶水，表情木讷，似乎不太愿意再回答我的什么问题。但是，可能考虑我是远道而来，他还是解释说："说老实话吧，我也说不清楚，你父亲究竟是处于昏睡状态还是处于清醒的状态，很难下判断。喊他，他没有丝毫身体上的反应，像没有感知。可是，就算处于很深的昏睡状态，往往也会清醒一段时间，他应该能够听见周围的说话声，我推测，他还是能理解一些语言的内容的。"

"他的外部表情能够反应你刚才所推测的状况吗？"

"难说。亲人的呼唤，说话，或许可以应对出他表情的内容。只有你们这些直系亲属才能听得明白，才能猜出他表情和动作的内容。这样就只能观察你们之间的交流过程了，依靠的是推测。"

"我打算在这里住几天再说，"我继续说，"我会一直待在父亲身边，尽量跟他多交流，看看有没有机会控制住他的病情。"

"如果有什么反应，请随时跟值班护士说一声，"医生说，"我很忙，这里的医生不够用，实在不行了就让护士来找我。"

医生说完这些，便让黄头发护士把我领到我父亲所在的病房。

在走进那栋九层楼的房子的时候，我满眼所见的都是摇摇晃晃擦身而过的老年人。毫无疑问，他们依然是鲜活的生命个体，体力尚存。可是，在迎面相遇并且相互直视的时候，我的身体无端地一阵发冷，涌上一股说不清道不明的感触，仿佛有什么从并不遥远的长长的黑暗中朝我这边慢慢走来。我的心脏加快了跳动，像在给我以预告。

随后，我肉体的大部分感觉依然处于麻痹状态，就像自己一时被错误地装进错误的容器之中，格格不入，又难以逃脱。

尽管如此，我还是想方设法亲近这个地方。

我进大楼的时候，父亲已经被移到了新楼的一个三人间。这幢楼房是用来安置病情较重的患者的，是完全不能自理病人的最后一站。也就是说，往后再也没有可以移送的地方了，其归宿只能是火葬场。

那是一间宽敞、细长、有一股老人气味而且冷漠的病房。三张病床便占去了将近三分之二的空间。我观察房间里的一切，只见暮气沉沉之中，灯光的暗影逐渐涌满各个角落，幽暗后退消失了。

床边椅子上叠放着父亲的衣服。衬衫、圆领汗衫和袜子，椅下整齐摆着黄色的解放鞋。是现实的一双解放鞋。现实的衣服现实地叠放着，以免被什么人不小心弄皱了。

窗外蔓延着起装饰作用的景观植物。这家疗养院的暮气沉沉与外面充满活力的现实世界形成了鲜明的对比。从窗外射进来的傍晚的暗光掠过我的鼻端，照在我鞋前半尺左右的地面，犹如蛇信子舔遍房间每一个角落。等待的时间像要永远持续下去。恐惧与紧张变为剧痛，尖锥一般猛烈地刺激着我的意识。

黄头发出去以后，我便和朝天仰卧、沉沉熟睡的父亲独处了。

看着父亲的面容，当年的儒雅模样还在，但已不再有精气神了。这样看，反而在他的脸上，有了一种沧桑的温暖。

一股浊气同空气一起不由分说地涌进来，我可以在舌尖上感觉出那气味的滑过。气味进入我的喉咙，进入胸腔，渗入我全身每一个细胞。我这一存在已经同化在血的滑腻腻的黏液中，我对此无可奈何，又茫然不知。

我搬动了一张红色的塑料椅子，在父亲的床边坐下。这个时候，我一眼瞥去，再一次看见父亲的面庞，心想，父亲已经死了吗？看他的表情，好像他的心脏是突然间停止跳动的，时间似乎是突然间在他的脸上凝固了。然而，事实并非如此。他在无声的抽泣中吸进一口气时，身体忽然颤抖起来，脸上的泪珠滑落得更快了。我把手放在父亲的胳膊上，自己的眼泪也在眼眶里转动起来。

父亲又一阵颤抖，痉挛穿过我的身体。我用一条手臂抱住他的肩膀。湿润的东西开始在我的脸颊上滚落，地面上有了被打湿的痕迹。

父亲眼睛凹陷了进去，脸色如同白纸一般失去了往昔的色彩。枯瘦苍白的脸朝着我的这一边，睁开眼望着我，时而眨一眨，眼神里没有了任何有意义的内容。虽然他完全是在悄然无声地躺着，但还在呼吸。只是，他已经将红底白花的被子盖到了脖颈，脸上毫无生气，躯体纹丝不动。

我试着叫喊了几声"爸爸"，他毫无反应。干枯的嘴唇如同被缝上一般，严丝合缝，紧闭不开。

我暂且打开病房的窗户，置换了屋内的空气。看着父亲这副模样，好像也不必紧急处置一些什么事情。我观察，他本人也不是很痛苦的样子，只是一脸的迷茫和无知。

轻声呼唤

病床位于靠墙的一侧，放有悬挂点滴的支架。但是，塑料袋中没有任何液体顺着细管送入父亲手臂的血管。看来，那些医疗设备已经用不上了。

我翻开被子，父亲的生殖器上套了一个塑料袋子，但看上去排尿量似乎少得可怜。

父亲与上个年度我跟他见面时相比，仿佛又缩小了一圈。瘦骨嶙峋的双颊和下巴上长了大概多天没刮的白胡须。头发很长，花白花白的。他原本就是个眼窝平展的人，如今他的大眼睛陷得比从前深了许多。他的眼皮神经质地一跳一跳的。我感觉得出他差不多是只剩下躯壳了。

父亲的嘴巴微微张开。呼吸声极其细微。我将自己的耳朵凑近他的胸膛，能隐隐地觉察到空气在他的鼻子下微弱的颤动。毫无疑问，生命在父亲的躯体中得到了最低限度的维持。然而，有那么一个时刻，父亲开始用目光追逐着我在房间里来回走动的身影。

少许时间之后，关于父亲过往的种种细节的碎片，终于在我心中一点点联结在一起了。我能察觉到在我的意识之中，已经立体、有机地将其再一次地合成了，成为一个无法被遗忘的整体。

在我的记忆中，年轻的时候，我的父亲有一双充满朝气的眼睛和一头浓密的鬓发。如果向那双眼睛的深处窥探的话，作为儿子，我曾经感觉到并且发现里面有些什么东西，一直跟随着我，感染着我。

从生到死，父亲的大部分时间都是在家乡度过的。

他沉默寡言，不愿多讲话。我想，他并非不善言谈，也不是生性不善于表达。跟亲近的人在一起时，兴许是一个能言善辩的角色，但在日常生活中却不说多余的话。那种高谈阔论人的模样不是我父亲所期望的样子。

父亲几乎从不将自己与他人进行比较。他将自己能做到的事情同做不到的事情严格地区分开来，扎扎实实地只把能做到的事情做好就行，不做没有参悟透彻的事情。假如勉强他，如果有自由选择的权利的话，只怕父亲会毫不客气地拂袖而去。简直就像难以取悦的猫儿一般。

在这里，顺便提一句，我的父亲身上有好几样与他的家族遗传不相符合的特质。比如说他文雅大度，这一点与我的祖父、他的父亲的吝啬抠门形成了鲜明的对比。大约是秉性使然吧，他身上似乎有一种"不说硬话，不做软事"的气势，但面对弱者时却又属于温柔善良的类型。

如今，父亲在我的面前是如何转动身体、脸上浮起的是怎样的表情、用怎样的语调说话、用怎样的眼神看着怎样的东西、他的双手怎样活动，我将这些曾经的记忆一一唤起。但是，现在，在我最初看见父亲的那一对瞳孔时，我的心就被剧烈地拨动了。那是一双没有任何感情色彩的眼睛。那双眼睛，我父亲的眼睛，是我一生中难以忘怀的一个模模糊糊的镜像。

因为他的一双锐利的眼睛，我在小小年纪的时候就变得脆弱而且敏感。而父亲的身影在我的心中似乎永远也挥之不去，我常常一个人孤独地坐在某一个角落里观察我的父亲，并且发誓长大之后，像父亲一样成为一名农场会计，过上一种有尊严的生活。

疗养院墙上电子钟显示着现在是晚上十点。我在病房里来回走动，在窗户前的黑暗中竖起耳朵。我听不见虫子的鸣叫声音。一切都是每一个夜晚的重复，归于渺渺茫茫的寂静。只是窗外一片漆黑，厚厚的云层覆盖夜空，几近满月的秋月隐去了其圆满的身影。记忆中，我的家乡只有这一点和过去不同。

父亲很快中止了追随我的目光，眼神中有了一种毫无情感色彩的虚幻，一动不动地、迷迷茫茫地注视我的面容。由于父亲的脸部变得更加瘦削、更加细长的缘故，我能看到的是他的两眼比平时更大更具有让人心痛的淡漠。但是，我依然无法从那双眼睛里窥视出任何有意识和思维的东西。我明白，那双眼睛虽然在看着我，但实际上是没有精神内容的，它什么也没看见。这样的情形如何形容和比喻才精准呢？我想，这眼睛就像是被设定了一个固定的软件程序的照相机，遇上物体移动时，自动相机的镜头只能追拍移动的物体。至于所拍摄的是不是我，或者是别的什么动物，正在干什么，这对于父亲来说已经变得无关紧要了。

就本来面目而言，父亲看上去并不像一个工人或者农民，也没有那种所谓"四肢发达"的感觉。若问看上去像什么，倒像一位冷静有型、个性鲜明、富于独立精神的半知识分子，让人觉得他在农业工人之中，属于极为特殊的那样一种人。

现在看来，我的兄长在电话里那句"父亲可能完全不行了"的判断是无比确切的。父亲已经无可救药地滑向了死亡。他的身体和灵魂，只是静静地在这个空无一物的旷野中任凭惯性滑翔。

唯一的慰藉就是在滑翔的过程中，父亲应该没有任何的负担和痛苦。即使就此停止滑翔，也不会影响别的什么人的生命安全。

无论如何，见到父亲以后，我的结论是他的身体已经没有任何重新返回健康的希望。即便是他的身体器官还在不言放弃地、用尽残存的能量、独立地驱动着，但绝对不会发生诸如奇迹般的什么事了。

我得和父亲说点什么，以告慰这个生我养我的人，我想。然而，我不知该说些什么，怎么说，用什么样的语调去表达。尽管想说出很多的话来，但是，脑袋里却是乱糟糟的，一片茫然，完全浸泡在虚空之中，怎么也涌现不出有意义的内容来。

"爸爸，爸爸。"我轻轻低语，轻声唤道。

这四个字吐出来之后，我接下来就没有任何语言了。

父亲不知出于什么念头，依然沉默不语，一双眼睛瞪得溜圆，死死地盯住我。我感到莫名其妙，连忙对他说："爸爸，我刚刚从深圳赶过来，您还好吗？"

父亲没有搭理我，闭上了自己的眼睛。我突然意识到在这个时候，他处于深沉的睡眠之中，没有了任何清醒的意识。但也不至于就该在纷纷扰扰的日常生活中被记忆整个地抛弃。当然，这只是我个人的一种一厢情愿的推测。

总之，在这之后的几天时间里，他没有认真地、有意识地看过我或者别的什么东西。

晚上，我乘坐的士到了我二姐的家。知道我要回家乡陪伴父亲，二姐在自己的家里精心地为我准备了一个单独的房间，生活用品应有尽有。她家里的房间虽然不大，却很干净整洁，散发出新房刚刚装修后的气味。从她家的二楼窗口可以望见长江边上的赤壁公园，环境比我预想的还是要好得多。

我打了个长长的哈欠，坐在二姐为我准备的椅子上，以很无奈的心情吸了一支烟。此刻，就是没有了睡意。中午走出深圳时那种担忧的心境已经荡然无存。无奈，我坐在阳台的椅子上，闭目合眼，侧耳倾听。即使在万籁俱寂之中也可多少听取世界的动静。这里或许有了一些细微声响的聚集。

我想，关于父亲的生命，关于所有的人的生命，似乎这一切不过是同一事情的周而复始而已，是一种永无休止的生与死的交替，且重复一次就朝着不可逆转的方向递进了一个层级。

第二天早晨，吃过二姐为我预备的早餐，我又乘坐的士前往疗养院。

再一次进入父亲的病房，我的眼睛依然没有适应病房里昏暗的环境。

我在床边的椅子上坐下，简短地跟父亲打了一个招呼，他依然没有搭理我。然而，我再也不管这些了，只是一个劲地如同汇报工作一样，依序说明自己从昨天中午到现在都做了什么。当然，没做什么大不了的事情。我说了很多的话，一直到我突然意识到没有人倾听的时候，我才中止了我的诉说。

父亲依然僵硬地躺在床上，连看都没有看我一眼。

纹丝不动

我从红色塑料椅子上站起来，走到窗边。

故乡的深秋，屋外的常青树依然茂盛。我眺望疗养院院子里精心修剪过的草坪以及院子外面无际的天空，在巨大的天际线上，万里无云，阳光明媚。

病床靠床头的一边放着一个残障人士使用的轮椅，那是我在 2014 年购买的。在购买的时候，父亲还很清醒，可以勉强坐在上面跟我聊天，说几句相互问候的话。

我记得，当时父亲转过头来对我说："你以后没事就不要来了，别耽误你的工作。"

说完这些，父亲转回头，他那硕大的脑袋朝着窗外，似乎一直在发呆。

我还依稀记得，我当时轻轻地答应一声后便在他的房间里来回走动，随后在父亲的床上坐了下来。四周非常寂静，听不到一丝声响。

我望着窗户，在明净的窗玻璃上有几丝光亮在闪烁，那光亮像是水珠一般。透过玻璃，我又看到了遥远的天空的白云。此刻，白云与蓝天形成了鲜明的对比。然后，我听到了自己的眼泪掉在胸口上的声音。回头想想，如今，父亲已经卧床一年有余了，就连坐起来的力量也没有了，他当然不再需要轮椅了。

"爸爸，我从深圳来这儿的。您听得见我的声音吗？"我站在窗前，俯视着父亲那张没有任何生气的脸，不停地小声呼唤道。

父亲依然毫无反应，似乎是一个吃饱喝足的婴儿，已经安然睡去，对我的呼唤毫不在意。我感觉到，我呼唤时发出的声音让空气短暂地有了振动，然后，被不留痕迹地吸入空气之中，消散殆尽。如此这般，我想借此场合把我过去所经历的一些离奇事作为故事的开场白简要讲述一下。只讲微不足道的、不三不四的、鸡毛蒜皮的经历。因为，如果从改变自己人生的离奇事讲起，很可能用一个月的时间也讲不完。

我的父亲将要死去，我心中暗想。只要看看他深陷的眼睛，我就非常清楚了，他已经油尽灯枯。我估计，他已经确定自己的生命无法延续，于是，他闭上了眼睛，关闭了所有的与外界交流的通道，进入了深深的睡眠之中。任凭我如何呼唤他，如何鼓励他，都不可能阻止他的生命如同脱缰的野马一样朝着死亡飞奔。

从医学的角度来讲，他的脉搏还有，虽然微弱，人却还活着。但对父亲的意识来说，人生已经完全终结。他的内心已经丧失了努力延长生命的理由与意志。我所能够做到的，无非是尊重他的希望，放任这种不可挽回的结果的发生，让他就这样宁静而安详地死去，让他有尊严地走向另外一个世界。

他的面容非常平静，平静之中带着愁苦。此时，似乎感受到了一种无法言说的痛苦。子女们轮番去看望，正如我的兄长在电话里所说的，大家都尽力了。这些，对父亲而言，也许是唯一的慰藉。但是，我依然感觉到，我还是必须对父亲说点什么。一方面是因为这是我的内心跟父亲的一个单方面的、一厢情愿的约定。我的哥哥姐姐们照料过父亲，而且，其中的付出是难以用语言去恰当地表达的；另一方面，我想不停地说话也是想躲避自身的孤单和寂寞。其实，许多人不知道，一个在外面如无头苍蝇乱闯的生命，是最害怕孤独的。

在病房里，我突然意识到，已经有好多年了，我都不曾和父亲单独促膝长谈，倾心交流。甚至，平时都没有好好说过话。

最后一次像样的交谈，恐怕还是他和母亲一道住进疗养院的时候。从那以后，我因为工作过于繁忙而很少回到家乡。老家的事情全是哥哥姐姐操劳打理。我即便是万不得已有事回到家乡，也只是匆匆跟父亲照一个面，说几句不咸不淡的话。但是，现在，如今，此时此刻，父亲陷入了深深的昏睡状态，正在我的眼前悄然朝着另外一个世界极速奔驰。我意识到他实际上向我展示了自己身体的衰退，子女们不再需要他了，这个世界也不再需要他了。这一切现实状态，卸去了他自认为的肩头重负。看上去，他退休以后，总有些放心的神色。在我看来，我和他是一起卸下了肩头重负的。

在父亲人生的最后关头，我清醒地意识到，他的今天就是我的明天。在人生的最后阶段，我的儿子也会这样呼唤我吗？

我在思考这些乱七八糟的问题的时候，大约父亲已经知道自己的生命即将结束，他再一次睁眼，又悄然闭上眼睛，进入了一种可疑的睡眠之中。我继续着我面朝父亲的倾诉。

我对父亲说："我是带着满身的俗气降生到这个世界上的，在出生的时候就带有生活的气息和烟火的味道，我是这个世界上的不速之客，来到人世间具有许许多多的偶然性。但是，在追求所谓的理想生活时，我却把生命中最为可贵的亲情当作可有可无的东西随意地抛弃了。我的家庭和那个时代的任何家庭一样，大家都活得不容易，家里的人不可能向我提供超出家庭条件以外的其他的供给，而且，也无能力想方设法引导我走一条什么样的理想的路，没有让我挨冻受饿已经很了不起了。但是，我知道，您和整个家庭已经竭尽全力了。我身上虽然还残留着属于您、属于那个时代农民的气息和狭隘的性情，在生活中自私、节俭、抠门，然而，我却如同您一样喜欢孤独，喜欢一个人独自游离于某些群体之外。"

说完这些，我陷入了深深的回忆。尽管我少小离家，但我身体内部流着这个人的血脉，无论是在生物学意义、在血缘上，还是在法律上，他都是我至亲的人。他养育了我，供我上学读书，为我操劳了一辈子。迄今为止，我自己是如何长大、如何生活、如何学习、如何思考的，我都有义务向他做一个完整的汇报。

不过，我这样做不是一种义务，也不是责任，没有人强迫我这样做。这说到底，是在我的臆想之中我父亲的一种隐隐约约的愿望，也是我个人情感的需要。至于我所说的话父亲能否听见、能否听得懂、能否对他起一些什么作用，这一切都已经不再重要了。

我再次坐到病床边的椅子上，开始讲述自己迄今为止我所度过的人生。

从考入大学离开家庭的生活讲起。从那时起，我与父亲的生活很少有交集，那年月大多是书信往来，两人变得各行其道，虽然相互惦记着，却从不相互干预。对于他的身体呀，生活呀，我都是没有尽到一个儿子应尽的义务。这样巨大的空白，我很想用我最后的这个机会去填补。但是，能补得回来吗？

关于我上大学之前的生活，实在是没有什么值得多提的。我考进了县里的第二中学。其实考上这所学校，完全是我的幸运。我的实际学习能力读这样的中学是很费力气的，这所中学为我提供了最优越的条件，为我参加高考打下了最为坚实的基础。

在大学期间，我过得极其平庸，也从未有过性经验。我在一般意义上算得上是中等偏下的长相和中等偏下的成绩，没有什么值得骄傲的；也不是社交型的性格；普通话讲得不好，交流上常常出现障碍；口袋里的钱总是不够用，穿着上也没有办法做到非常体面。

二十一岁时，大学毕业了。我发现了这样一个事实：我是最为幸运的那一代人。考取了大学以后就不用发愁，肯定会有稳定的工作和收入。

起初，我不太理解这种情况。离开了家庭、离开了学校有些惶惑和茫然，不久便知道了其中的奥秘。最后，我进行了一个阶段性的总结，对于我的人生道路，我说："我是满怀恐惧的心情上的路，因为害怕被拒绝，终于活成一个毫无特点而且极其平庸的人的模样。"

我把这些经历和感想说给没有意识的父亲听。

起初是字斟句酌，一边回忆一边叙述。渐渐地是滔滔不绝，最后是热情洋溢的自言自语。而我的父亲，他的姿态完全不变，仰面躺着，继续着他的沉沉的睡眠，连呼吸都没有变化。

不堪一击

下午六点钟，护士来更换装尿的塑料袋，并把垫在父亲屁股下面的隔尿垫换成新的。这是一位体格健壮的接近五十岁的护士，胸也很大。她挂着疗养院的工作牌，头发束得紧紧的，如同马尾，甩在背后。

"你是他的儿子？"她一面指了指我的父亲，一面询问我。

"是的，是他最小的儿子。"我回答道。

"你们家的子女来得最勤，"她又指着另外一张病床说，"其他的病床基本上没有什么人来看望。"

"喔，真的啊？"

五十岁左右的护士离去后没过多久，又转了回来，她问："您好像中午就没有吃饭，要不要在这儿吃晚饭？食堂有吃的东西，对病人的家属是免费的。"

"谢谢，我现在还不饿。"我回答道，"我父亲的情况你清楚吧？"

"多器官衰竭，八十三岁了吧？"她的意思我很明白，无疑是指这个年龄的人，已经到了该告别的时候，就算死去也没有什么遗憾。其实，就算她直接说出她的意思，我也不会怪她。

我点点头，说："我一直在跟他说话，希望能够减缓他病情恶化的速度，也不知道对他有没有作用。"

"跟他说话总比不说话好。亲人的呼唤，多少能够激起他活下去的意愿，"她说，还像鼓励似的微微朝我一笑，"照理说，他现在什么也不知道呢。"

说完这些，她轻轻地关上了门就离开了病房。

宽敞的病房里，又剩下了我和父亲。

我继续对着我的父亲说了下去："你给予我的就是一种安定的力量，在我感到迷惘或者不顺的时候，我就想回到老家，回到您的身边。也没什么想要做的事，就是想在家乡小县城里或者田间地头上走走逛逛，只是觉得特别舒服。您和母亲对我而言到底意味着什么呢？我想，大概是可以暂时卸下责任和压力，放下紧张和不堪重负的一些蛮横的压力，坦然面对柔软和脆弱的地方；大概是俗世中那一份难得的毫无顾忌、不需要掩饰的亲切；大概是一种有人等候，有饭吃的简单幸福和敞开胸膛隐秘的轻松。无论我在哪里，无论我经历了什么，如果外面的世界始终给不了我归属感和安全感，我的父亲和母亲会是我永远的避风港。如果觉得委屈，觉得熬不下去了，我就想想您，想想家里的人，不知不觉，我又会有前进的动力。放弃的理由只有一个，过于憋屈，但坚持的原因却有很多很多。父亲，永远都是我那个最为踏实的答案。"

我从没设想，通过我的呼唤能够让父亲的身体状况朝着健康的方向逆转。我能想象到的，即便是寻求这样的事，等候在前方的也只有失望罢了。我所寻求的，或者说我所需要的，是父亲希望活下去的意志的光辉。像是为了保障生存的热源一般。

这既是我所熟知的，恰好，也是我所欠缺的。

我的话有没有传入父亲耳中，我没有把握。那个五十岁左右的护士说他什么都不知道。那么，我的话即便传入了父亲耳中，他也没有意识判断这些话的内容，无法理解我的话的意义。我猜想，也许他在想，别人的人生和我有什么关系呢？但我只能不断说出浮上脑际的话语。在这充满着老人气味的病房里面，我没有别的事情可做了。

父亲依然纹丝不动，没有听见我说话。他的双眼被牢牢封闭在那黑暗的深坑底部。眼皮下垂，除了呼吸尚存而外，看上去仿佛在静静地等待着什么东西的降临。我不知道他等待的究竟是什么。

"现在我的工作非常繁忙，可能的话，我很想提前退休，留下一些时间给我自己，同时，也可以留下时间来陪陪您。"

也许，我还应该对他说：我好像觉得自己对您、对家人亏欠了很多很多，我是强制性地把你们纳入我自己主观虚构的世界里。但是，我思考良久，觉得不能在这个时候讲这么复杂的话题。如果再这样啰唆，父亲更是无法理解。我决定改变我倾诉的话题。

我沉默了片刻，与其说是等待刚才述说的事情在父亲脑中安顿下来，不如说也是等待它们在我自己的脑中安顿下来。

随后，我说道："我本来就处于一个悲剧时代，对于令人心碎的一切，无须悲痛欲绝。大灾难既已经发生或者将要发生，我们周围将会是一片废墟，或许是一个令人失望的虚空世界。面对这一切的不确定性，我希望有一个住处，为自己安排一个窝，只要能够遮风挡雨，我就会怀有小小的希望，把俗世的日子将将就就过下去。表面上看，这是一件很简单的事情，而实际上这是一项相当艰难的工作：现在是没有通向未来之坦途的，但是，我依然得四处奔走，攀越障碍。无论多少重天塌下来，我还得生活，还得活下去。活下去就是胜利，这一切无须别的什么人做出判断。当然，这一切只是我的一个抽象的假设。"

我长叹一声，继续说下去："我所面临的理想世界竟然如此地不堪一击，内心能够展示给别人看的东西竟然如此之少、如此之贫乏，这一切让我狭隘的胸膛无法安放，我不得不去找一个寄存之处，爸爸，您是那个寄存处的收纳箱吗？"

我从椅子上站起身，走到窗前，眺望远处的黄昏。雾霭逐渐从窗外卷进来。我靠在窗前，对着父亲继续着我的话语："我终其一生都在讲一个生命存在的充满荒凉感的故事。这种荒凉就来自我对于我生活的粗浅理解，我似乎看到了洪荒之初与尽头之间的变与不变。这种变和不变之间，映照着原初力量的互动，引发出多少被伪饰过的深情、假意与残酷。爸爸，您知道吗？这种似乎从冥冥之中裂开的一道深渊震慑了我，也照亮了我。我有礼有节地奉这种命运为圭臬，用不动声色的旁观视角，唱起无可奈何的、有节制的哀歌。"

我再次将视线投向窗外，看见了黑暗。

我看着黑暗，黑暗十分浓稠。黑暗看着我，我十分地黑暗。

我打开自己带来的矿泉水瓶，喝了一口，又重新坐在红色塑料椅子上。

父亲曾经告诉我，1955 年，大约是那个年代人才奇缺，一个地质矿藏学院临时到我的家乡招生，我的父亲不知道是通过什么途径得知了这一消息，他连夜奔赴县城。可是，当他步行了三十多公里赶到县城的时候，负责招录的人已经离开县城去了武汉。他扑空了。这构成了他终生的遗憾。但历史没有假设。命运与时代的峰回路转，常常如此地出人意料。对此，父亲哀叹过、遗憾过，但是，他仍然充满希望地生活着，并且，以他特有的聪慧在养育着自己的儿女的时候，成功地解决了温饱问题。我这一辈子没有挨冻受饿的记忆。

在那个特殊的年代，父亲总是下意识地把自己装扮成一个可怜人，刻意把自己低俗的一面放大了给人看。这是他给自己设置的保护色，也是他的一种生存智慧。这世上有很多人都是外强中干的。而我的父亲正好相反，他则是外柔内刚。

我继续说了下去："在人生的道路上，为了生活，您虽然吃相难看但却十分平顺，虽然抠门吝啬但却小富即安，无病无灾；您没有把自己的意志一厢情愿地强加于我，让我在一个完全密闭的空间里得以喘息、得以生存，活得既幸运而且又理直气壮；您并没有威逼利诱我去实现您未曾实现的理想，让我自由自在地做了自己的选择。当逐渐变老，颐养天年的时候，您并没有老而不尊，横蛮而且虚弱地对我进行说教，让我放飞自己、放飞理想。当我活得千疮百孔的时候，您虽然无能为力，却想安慰我，至少，您没有叠加我的无能为力和虚弱。"

率真的人

我稍稍顿了一顿，企图让自己的话渗入父亲脑中，并趁机归纳我自己的思绪。

"小时候，我当然不懂得这些。面对生活的艰辛，我只是觉得恐惧和害怕，觉得痛苦。有时候又觉得这个世界很好很安全，所有的人都充满了善意。每逢农忙假期，别的同学都在开开心心地玩耍，我却得去农田干活，挣学费。那些农忙假的到来让我无比憎恶，我甚至暗暗希望学校不要放假，让我躲过农忙的季节，但如今能在某种程度上理解了。我不能说您做得对，也不能说您是一个优秀的父亲。您过于普通，普通得如同地球上的一粒尘埃，我长大以后，特别是我自己成为父亲之后，我的心灵受到了震撼。虽然，您这样做对一个小孩子来说太过苛刻。但这都是过去的事了，您不必介意。而且，正因为这样，我觉得自己多少变得坚强了，而且格外地勤奋。要在这个世上生存，要想生活得更好，要养育儿女，那绝对不是一件容易的事。除了勤劳而外，还需要有一张厚脸皮。我是从您的身上看到了这一点的。"

按照自己的思维惯性，我接着说着自己想说的话。

我说："总之，我希望讲有关我的家、我家乡遥远的故事。我像一个电脑的巨大的硬盘一样贮存着好几个关于您的各样的故事。一闭上眼睛，眼前就浮起农场的田野，现出房舍、草垛和牛棚，乡间传来欢歌笑语，甚至感觉得到那个时代农场工人们大约是一成不变、缓慢悠长的，然而实实在在的过往人生的潮流，在我的眼前不断地涌动。"

我摊开双手，望了一会儿自己的一双手。随后，我去握住我父亲那双枯槁的手。他的手很僵硬，手指细细长长的。我母亲在世的时候曾经说，父亲的手是一双秀才的手，本可以做大学问的，只是因为时运不好。而此时此刻，我感觉到父亲的手冰凉冰凉的，似乎还有一点点残存的余温。大概这一切都是因为他的全部气血正在衰退，供血严重不足的缘故吧，使他的手不再给我温暖的感觉。

"以后我会努力地生活下去，更加勤奋地学习和工作，让这个世界、让我的妻儿、让我的朋友认为我不是一个可有可无的存在。让他们觉得有我的存在比没有我的存在活得更好，更加快乐，至少，不是一种打扰。活着，是为了给别人以温暖，哪怕只有针尖儿那么大的一点点温暖，也是一种微弱的存在。会让他们有意或者无意地少走不必要的弯路。爸爸，您今后想做什么，我不知道。但是，您当年所逼我做的那些农活，在今天的我看来，也是我一生最为受益的经历和财富。这一切和其产生的结果，都超出了您和我的想象。也许，现在您就是想一个人静静地一直睡在这里，安稳地睡去，再也不愿意睁开眼。要是您乐于这样，就这么做吧。如果您希望这样，我没有权利阻拦你，我只能让您就这样地熟睡下去。不过，这些只是我的推测和预估，不管您愿意也好，不愿意也罢，我还是想把我这些年的经历和所思所想告诉您。向您倾诉倾诉迄今为止我所做过的事、我正在考虑的事。也许您并不想听我的这些唠唠叨叨。那么，就算年过半百的儿子再一次给您添麻烦了，对不起啊，在这个时候还不让您省心。总而言之，我有很多很多的话要对您说。我觉得该和您说的话基本上就是没完没了的。当然，我不会打搅您很久，我会适可而止。等我倾诉完毕，您就好好地睡吧，不用回答我，您想睡多久就睡多久吧。"

我站在四楼的窗前，往外看，几户农舍，一点点农田，一条小得不能再小的河沟，小卖部催人打哈欠的安静的灯光，仅此而已。疗养院隔壁农户院子里堆积了经营的货物，如塑料大棚、鱼池、农家乐小餐馆等，院角搭着随时可能倒塌的任凭风吹雨淋的各种棚子，尽可能更多地侵占空间和地面。疗养院围墙的对面一侧墙壁钉着花花绿绿的小广告，内容都是老年人如何治愈疾病的粗制滥造的产品推销。这里便是这么一个地方。

天黑以后，我离开了父亲。

在回我二姐家的的士中，我好几次自言自语：父亲的一生全部结束了，忘掉好了！我不是为这个才到这里来的吗？然而，我根本忘不掉，包括对父亲的各种回忆，包括他即将面临的无可挽回的死。因为，归根结底，于他而言，什么都结束了，也可能什么都未结束，只是刚刚开始。

下了的士，我在一排平房前站了一会儿，望了望天上的星光，那星光使这个时刻的天空璀璨无比，甚至有几颗流星从天的一边划过。我又看了看平房里别的人家明亮的窗户，轻微的说话声从那里隐约飘出。我在那里站了很久，然后，才慢吞吞地朝着二姐家所在的住宅区走去。

第三天，我又到了疗养院。父亲依旧仰躺着，默默无语。

我坐在父亲的床边，开始了我关于父亲的回忆。

父亲勉强算得上是一个读书人。他基本上是个正直率真的人，也能恰如其分公平地看待自己。在他的同事们的眼中，他是一个永远慈祥的老好人。然而，一旦涉及个人和家庭的利益，他就会如同一头公狼，敢于拼搏，毫无顾忌地去争取。他不惧怕在他人面前暴露自己的这一缺点。而在妻子和子女的眼里，这恰恰是世上很多人所不具有的优秀资质。

父亲是一个会计，兼着生活物资的管理和买卖。他的身体一向比较健康。在农场的田野里，他的步伐轻松愉快，拖着买货用的手推车。后来，手推车改成了三轮车。他的身影总是不紧不慢的，感觉一直是走在阳光里的。那不是在狭窄的田埂上，而是在一条宽大的洒满阳光的柏油马路，大约三公里的长度。当大饥荒和各种运动来临的时候，他并不为此而担心，这个时候的他已经将狡黠、善良、自私、聪慧、远见卓识和同情心熔于一炉，他可以从容地去应付任何困境。

晚年退休以后，父亲又来到了金色的田野上，沿着那条小径走过那些堆满成熟稻谷的田野。他脚下的草皮和泥土是那么富有弹性，阳光柔和地洒在父亲的脸上。田野边缘的杨柳树随风摇曳，远处是举水河，鲫鱼在柳树下绿色的举水河湾里嬉戏。

就在我陷入深度的回忆之中的时候，我感觉有人走入父亲的病房，空气微微有些紊乱。我集中注意力感触自己皮肤上流动的空气，觉出有异物隐约的气味。那是身上的厚质地衣服、极力遏止的呼吸和被沉寂浸泡的兴奋合而为一的莫名气味。有人来探望我的父亲不成？这么个时间段。

有可能。我记得那鲜亮亮白晃晃的一闪。我沉住气，两手暗暗攒紧握成拳头。此时此刻我才发现，沉迷在回忆中的我，被黄头发年轻护士的到来惊醒了。汗水从我的脊梁上冒了出来。我听见自己在内心里大声呐喊。

她过来送餐，拿着一碗老人吃的营养稀粥，递给我说："看看老人家愿不愿意吃吧。"

我苦笑了一下，说："他应该不会需要这些食物了。"

看来，她也知道父亲已经不需要这些了，只不过是属于疗养院的配餐，她是来例行公事的。因此，见我拒绝，她几乎没有什么犹豫地就拿着配餐离开了病房。

房间里再一次陷入了沉默，父亲依旧安静地卧在病床上。闪入我眼帘的，恐怕只是在没有接缝的日常生活中发生的再正常不过的正常事情了，或许完全不合情理，而事实上是符合生老病死的常规的。可是，事物是否合乎情理，是否按照父亲本人的意愿去发展，那要经过时间冲洗，经历思维的缜密推理，我们才能真正看得更加真切。

不过，总的来说，合乎情理也好不合乎情理也好，人总是要死的，最终是会释放某种宿命的意味的。在多数情况下，我们这些凡眼肉身所能看见的恐怕仅仅是结果而已。无论谁看，在生命的旅程之中、之后，其结果都明显实际存在于那里，并且发挥着其必然的影响力。问题是，锁定带来结果的原因并非易事，而将其拿在手上一声"就是这个样子"出示于人就更是困难的事情了。

当然，原因总会在那里，是客观事实。不存在没有原因的结果，一如先有鸡还是先有蛋的问题，或许是互为因果吧。在如此无限循环连锁性延续的时间里，什么是最初的原因，一般都变得无从知晓，无从分辨，或者变得怎么都无所谓的了，又或者变成没人很想知道的东西了。进而，我的思绪在多米诺骨牌最后一张倒下的地方戛然而止。

即将讲述的我父亲的故事，没准我就要走上与此相似的路。

理发工具

父亲张着被睡意遮盖着的眼睛，没有了往昔的表情与神采。他庄严而且孤独地躺在我身边的病床上，如同去掉了水分后干缩的木乃伊，显然，他已经没有了健康人的思维和意识。

我面对父亲的叙述，终于找到了一个纯洁的、主观的，带着回忆色彩的借口。我以孩子的视角，而且，我的身份还是眼前这位病入膏肓的老人的儿子。我的关于父亲的一切涂上了回忆的个人色彩，变得朴实和平易近人，变得主观而且纯粹。因此，我，作为一个叙述者，具有了旁人或者别的什么人所不具备的理解和同情心。而当我还是一个孩子的时候，天真隐藏在我对于父亲的凝视之中。那个模样的父亲，已经神秘地在我的视线中消失了。

我推测，当父亲的呼吸因为心血管疾病的困扰而变得断断续续的时候，他或许对过去生活的记忆成了维持他体内生机的能量，让他的回忆在他的思维里变得流畅和奇妙无比。

父亲的头发和胡子都白了，这是他在八十岁之后才出现的外貌上的变化。但是，他的皮肤却黑黢黢的，整个身子也都变得僵硬，像一大块躺着的陈年老腊肉，已经被彻底风干了。而现在的我，依旧热血沸腾地奔波在追逐梦想的路上，偶尔遇到狂风，偶然淋过大雨，遇见风险，但这些，都会在未来的日子里，变成痛并快乐着的美好回忆。

我对父亲说："人很容易在这样平凡的生活里，形成无意识的惯性和惰性：无意识地给生活加速，任由其自转，陷入琐碎的柴米油盐，自怨自艾和自暴自弃，忽略身边的人和事，狂傲、冷漠、自怜、愤怒、自私、抱怨、横蛮和不自知。"

我继续说："您没有要求我优秀、出众或者出人头地，拒绝以恐惧、胁迫和人为权威的方式来进行强迫教育。没有以父权粗暴地、虚弱地压制我的生活。您只是知道，活着便意味着胜利；活得滋润就是更大的胜利。世界上最大的成功和幸福，莫过于能有一个健康的体魄，正常人的心态，吃好睡好，所爱之人全部安好。低谷也好，高潮也罢，还能认真生活，努力工作和生活，便是人生最好的状态。"

母亲逝世以后，我父亲的行为发生了根本性的改变，怪异，自私，特别惜命。他忧郁、多疑、挑剔地看待自己的儿女们，用放大镜检验着他们出现在自己身边时的每一个动作细节，好像永远也看不顺眼。可以想象，他已经用尽了体内残存的力量来抵抗自己对于死亡的恐惧。可是，他失败了。他的衣柜和储藏柜里装满了中药和西药，这是一个让人难以置信的举动。虽然我明明知道他在死亡面前显得惊慌失措，束手无策，购买药物只是为了掩盖某些不能忍受的不安。但是，我想，如果他有一艘航空母舰的话，也有可能会在舰船的船舱储存一千年也用不完的药物。即便是这样，没有多久，他依然无可救药。所以，父亲不得不永远在悲伤而且恐惧的气体中飘浮着。他失去了生活和现实，甚至没法获得一个诚实地承认自己即将死亡这一基本事实的态度。最后，他连死亡都失去了。

那一天，夜晚十二点钟过后，我才离开疗养院。

在的士上，我突发奇想，不妨到凌晨故乡的街头走走。在寂静之中感受一番生生不息的希望，在黑暗中期待渐渐明亮的黎明。

行走在街上，我感觉黑暗给零零星星的行人涂上了一层神秘的色彩，更加重了我对于故乡城市的陌生感。风不太大，却冰冷僵硬。我的心忽然涌上一种莫名其妙的孤独和寂寞的感觉来。我想，如果生我养我、与我共同生活了多年的父亲都不认识我了，那么，在这座故乡的城市还能有几个人认识我呢？这样想着，我的神思开始恍恍惚惚起来。我不知道我是谁，不知道我为什么在暮秋的深夜里，流浪在故乡的街头和巷尾。

我举目顾盼，城市的一些灯火，星星点点地从些许窗口透射出来。在这样的暗夜中，灯光给人以温暖的感觉。但毫无疑问，每个窗口都是一个谜，有着一段有情趣的故事，每个窗口里都在发生着各不相同又大同小异的过往的故事。

我继续迷惘地行走着，懵懵懂懂的，一种潜伏的意识终于顽强地让我抬起头来。没有任何一个人的生活是不辛苦的，没有任何一个人的人生是不委屈的。我想，再难再苦的事情，熬着熬着就过去了。更相信无论如何，人这一生总是会过去的。

那天凌晨，在城市花里胡哨的衬托下，我显得有些拖沓。我切实地感觉到我已经开始衰败了。终有一天我也会变得如同疗养院里的我的父亲一样，躯体萎缩，脸上布满了褶皱和老年斑，然后呢，一切在火葬场里化为乌有。我想，这一天不会太远了。

我记起了作家莫泊桑说的话："生活没有你想象的那么好，但也不会像你想象的那么糟。"

第二天早晨八点半过后，那位黄头发护士又过来了。这次她没有换尿袋和隔尿垫，而是拿来了理发工具。

"你父亲很长时间没有剃头了，我现在帮助理一下，可以吗？"

"我来理吧。"我回答道。

黄头发护士有些吃惊地看着我，说："你会理发？"

我看了一眼手表，说："我会理发，我不仅自己给自己理发，我还为我的儿子理发，只是手艺是自学的，理出来的发型不太好看，也不大会做发型，大概只能说将就过得去吧。"

　　黄头发半信半疑。她把理发工具递给我后，又把一块黑色的皮垫子放在父亲的枕头上，然后扶起父亲那硕大沉重的脑袋。这一切，黄头发都做得一丝不苟，从旁观看都甚觉快意，使人油然腾起温暖之感。我接过剃头推子，给父亲系上面布。

　　我屏息凝神，认真地替父亲理发。我在父亲的脑袋上不断地触摸，以此寻觅生命的征兆。那还是一个大大的肉球，我的手掌却能感觉到它的温暖。

　　我对黄头发说："从中午过后，我就一直对着他说话，我没有停止过我的叙述，不过，他好像什么都听不见，没有任何回应我的表情和迹象。"

　　"你理发的时候，动作非常妥帖，看来真的是一个老师傅了。"黄头发说道，"在护士学校里，我在接受医学护理方面教育的时候，学过这样一句话：至亲的人的话语或许能让病人的神经产生轻微的震荡。特别是亲人的呼唤，应该有明显的效果。不管病人是否理解内容，也不管这些内容是什么，但对病人一定有唤醒的效果。我所接受的专业教育告诉我，不管病人能不能听得到，最好大声而且明朗地对他说话。这么做一定是会有效果的。从这些年我护理老年人的经验来看，我相信这个说法是正确的。"

我想了一下这件事，总有些想不明白。

剃头完毕，我开始为父亲刮胡子。

"谢谢你的提醒。"我一边用电动剃须刀刮剃父亲的白胡须，一边用湿润的毛巾擦拭他的脸。父亲完全不抵抗，即使我再做什么动作，他也只是被动地承受着，如同断了线的木偶。

我接着说："我想，这几天就这样一直呼唤。起不起作用已经不重要了，重要的是我希望自己就这么一直呼唤下去。"

"我半个小时以后来收拾屋子。"黄头发说完，轻轻点头，步履轻快地走出病房。

我用电动剃须刀为父亲剃去脖子上的绒毛，再用小剪刀为他剪掉耳朵和鼻孔里伸出的白毛，把稀稀疏疏的眉毛修剪整齐，再用大剪刀剪掉他的手指和脚趾的指甲。即便他意识不清，但是他的头发、指甲、眉毛和鼻毛却是生长旺盛。特别是指甲，基本上用正常的指甲剪无法剪除，只能从疗养院找来一把特制的大剪刀。我又帮他翻身，洗澡，在他神志朦胧中擦干他的身体，重新为他换了一套睡衣。

做完这些事情以后，我望着眼前这个人，我的父亲，我渐渐不明白，人的生与死中间是一道什么样的门槛？活着与死去究竟有多少差异呢？到底有没有堪称差异的东西啊？难道我只是贪图自己思考的方便才一厢情愿地如此认为吗？

黑暗来临

大约下午三四点钟，黄头发护士走过病房来。进来的时候，她冲着我嫣然一笑。她首先收拾了一下剃头时留下的头发碎屑，把理发工具整理好，然后给父亲清理了一下排泄物，检查了一下床上的隔尿垫，确认没有积存的排泄物之后，她很认真地告诉我："如果你有什么需要，或者说你的父亲有什么需要，可以按应急铃。"

大概她所做的这一切都是照章行事，动作有条理，举止纯熟利落。观察着她这一连串动作，我想，在这疗养院里，照料着毫无治愈希望的痴呆老人，她和他们这类人是以怎样的心情去面对生活的呢？无论怎么说，这里毕竟是老人生命最后时刻的一个车站。我的父亲总有一个时刻得乘上列车，回到他来的那个世界去。

完成规定的工作后，黄头发又对我腼腆地微笑了一下。

"看来，你父亲还在昏睡。"她说。

"是的，没有什么变化，他还是在昏睡，跟前两天一模一样，情况稳定，"我尽量用明朗的声音说道，"我的意思是，往好里说的话。"

黄头发脸上浮出半是过意不去的微笑，稍稍歪了歪脑袋，视线投向我膝头上合起来的笔记本电脑。

她说:"你在给他讲你们的过去吗?"

我点头,说:"我只管一个劲儿地跟他说话,也不知道他能不能听见。讲多了,我也不知道自己究竟是在讲什么。"

"就算听不见,对你对他,至少都是共赢,双方都需要,我看也是好事。"黄头发护士说。

"好也罢坏也罢,有事可做,反正我也想不出还有别的什么事能做的了。"

"不过,像你这样的陪伴也不是人人都能做到的事情。"

"大多数人跟我不一样,都在忙着自己的生活。当然,我也是在忙自己的生活,只是,我觉得,我亏欠他很多,不知道能否通过这个办法弥补一些什么。总之吧,弥补一点,哪怕仅仅是一点点,我心里也舒服一些。"我说。

黄头发想说什么,犹豫着,不过最终什么也没说。她看看昏昏入睡的父亲,仔细地观察了一下老人的脸部,又看看我。

"你的意思是你多跟他说话,或许你自己也感觉轻松一些?"她问。

"是啊,我的确是这样感觉的。"我答道。

黄头发走出去后,我稍过了一会儿,开始继续我向父亲的倾诉:"爸爸,您教育我说,对于您打了一辈子永远也打不败的敌人,唯一的办法就是与敌人和解,成为朋友。而我在屡次的失败中学到的东西又是那么地少。我总是如此容易被侵蚀和掠夺,如此缺乏精神上的抵抗力,那么小心翼翼地维护着自己的自尊和虚荣，我的维护竟然如此凄凉而且卑微。"

我接着说："我也曾渴望秩序、安宁、纯洁、平和、纪律和信仰。我想成为一个对社会有用的人。现在想来，我的偏执的理解还真的错了。我不能不得意而又绝望并且悲哀地发现，把世界看得再黑暗，再不堪一击，我的判断竟然最后都会应验；那些对未来抱着希望的人，他们的幻想终将被撕碎，必将被嘲弄。所以，我们大可把世界想得坏一些。原因其实也很简单，撇开别的因素，人生原本就是绝望的。我们从生下来的那一刻起，就开始毫无悬念地必然地走向死亡。"

说累了，我想抽烟。病房里是不能抽烟的。

我上到大楼七楼顶部的天台，拿出一支烟来点着，深深地吸了一口，把经过肺部循环过的烟雾吐出来。

朝楼下看，周边是一片农村的田野，一些彩钢板搭建的小屋零零星星地散落在郊外，就好像是在一个巨大的赛场，在赛事完结以后人们随意丢弃的垃圾，东一块西一块的，没有规则的布局。

大楼的前面，更为遥远的前方是一片更加模模糊糊的绿色杂木林，已经有大片的树叶开始凋零飘落。整片杂木林在大自然中小得像一团废纸。一条高速公路的路基反射着灰色的光芒，隐隐约约地消失在绿色之中。我想，那条高速公路无论走去哪里，那暗灰色的光芒恐怕都将无尽无休地持续下去。如此一想，便有些烦了。

在楼顶天台吸罢烟，我伸个懒腰，伸展四肢，仰望天空。好久没这样地望天空了，或者不如说慢慢地、缓缓地观望什么这一行为本身，于我已经久违了。

天空无一丝云絮，湛蓝湛蓝的，然而，空气里整体上还是罩有一层暮秋特有的朦朦胧胧的不透明面纱，天空的湛蓝便力图透过这虚无缥缈的面纱一点点渗出。阳光如细微的尘埃悄无声息地从空中降下，不为任何人注意地沉积于这座城市。

温暾暾的风摇晃着光，波光粼粼。空气恰似成群结队在树木间飞行的鸟一般缓缓流移，变成微冷的风。风掠过山丘徐缓的绿色斜坡，越过城市的上空，不经意地震颤着树叶、土地，穿过树林。杜鹃鸟的叫声成一直线横穿柔和的光照，消失在远处的山脊线的那一边。一座座山丘起伏着连成一片，如熟睡中的不知名的巨兽，匍匐在时光的向阳坡面。

我从楼顶下到病房，黄头发护士端着洗脸盆正站在父亲的床头，她对着昏睡的父亲说："我给您洗洗脸，洗完，您就可以继续睡了。"

她一边说着话，一边用一只手拍着被子。我的父亲仿佛是个需要她哄着入睡的孩子。听口音，黄头发无疑是土生土长的本地人。

拍完，她的另一只手轻轻地摸着父亲的脸，仿佛这样可以减轻他的病痛。看着她娇嫩的小手在父亲苍老的脸上滑过，宛如凄凉死寂的土地上开出鲜艳的、稚嫩的花朵，我的泪水止不住涌了出来。

一个处在生命的鼎盛时期,一个濒临生命的终点,我从未见过对比如此强烈的生命反差的图景。竭尽全力但却僵硬的脸部和黄头发护士纯净如雪的天真容颜,让我的心在震撼的同时也充满了辛酸。然而,有些事情终是无法选择也是无可逃避的。

我想,疗养院的工作大多单调而且无聊,上班时间过长,没有规律。不过,能在自己出生长大的这片土地上工作毕竟难得,加之与在普通综合医院工作、天天面对挣扎在生死线上的病人相比,精神压力可能要相对小一些。

疗养院这种地方,在通常的情况下,老人们慢慢费时耗日地丧失记忆,日复一日地看着昼夜循环往复,不能理解事态的变化,就这样静静咽下最后一口气。即便是痛苦,也抑制限定在最小的限度。基本没有半夜用急救车运来的患者,也大致没有围在一旁恸哭哀号的家属。

我想,这也许就是黄头发这类人愿意长期在疗养院工作的主要原因吧!

"你很孝顺啊。"黄头发护士一面替父亲换尿袋一面说,"每天来跟神志昏迷的父亲说话,这样的家属很少见,也就是我在别的疗养院工作的时候见过。在现在的这家疗养院还是第一次见到。"

她这么一说,我有点不舒服。

"跟父亲说话,其实是我自己感觉到轻松舒坦。碰巧请到了假，但我恐怕待不了太久。平日里很少有这样的机会，总是忙自己的事情，顾不上家人。现在，跟父亲多说一天的话，我的负疚感就会减轻一分。"

"就算是碰巧有空，也没有人心甘情愿到这里来，都是老人和即将死去的人。"她说，"这么说有点那个，不吉利是吧？这病基本是好不了的。时间拖得久了，人人都会渐渐失去耐心，心灰意懒的。俗话说，久病床前无孝子。"

"是我想向我的父亲倾诉，说什么事情都行。其实是减轻了我自己的精神负担。反正我待在这里也没事可做。"

"你跟他说了一些什么呢？"

"我和父亲过去的日子，我自己的生活，我家庭的历史，还有，我自己的一些胡思乱想的东西。"

"现在，您还想向他倾诉什么？"

我把自己在父亲面前所说的话，经过简单的整理，粗略地告诉黄头发护士。黄头发沉默不言。她一旦沉默，整个病房便连声息都消失了。接着，她转身出了病房。

若无其事

午后的太阳从窗外照了进来。

故乡的午后实在美丽动人。金黄色的太阳一瞬间变成一条虚线在蓝色的天空中浮现出来。浮动的云彩静静向上提升，就好像天上伸出一只巨手，把蓝色的天空一点一点地从空中剥开，逐渐分层，徐徐展开，十分瑰丽壮观。前面已说过，那是一种远远超越我自身意识的一种壮观。望着望着，我甚至觉得自己的生命正这么在绽放的同时慢慢稀释慢慢消失了。这里边不包含任何所谓人之活动这类微不足道的名堂。

从全然不存在堪称生命之物的太古开始，我的故乡便是如此的光景，业已重复了数亿次数十亿次之多。此时此刻，我早已把工作中的烦恼和焦虑抛弃到九霄云外了，只顾忘情地对着眼前午后的天光。

我和父亲沉默良久。他依然无话可说，但沉默不是令人舒适的东西，它袭扰着我的内心，让我萌生出了新鲜的烦躁不安。与此同时，大团大团的云彩突然布满天空，天色越来越黏稠，灰色的光芒让人有了一种压迫的感觉，这种感觉飘荡在我的四周。灯光似乎在房间内悄然移动，如同魅影。

当天夜晚，我乘的士返回市内，到二姐家吃了一顿简单可口的晚饭，喝了一杯热茶，回二姐为我准备的房间看书。

就这样，连续十天，每到上班时间，我便去父亲的病房，坐在病床边打开手提电脑。在倾诉累了以后，就修改一些我在深圳写作的文章，有随笔，也有小说，然后又阅读电脑上下载的中外名著。我一边默默地写作和朗读，一边观察着我的父亲。

至于父亲能否听见我这轻轻的诵读声，我不是很清楚。

单看他的面部，根本看不到任何有价值的反应。他应该并不知道我在干什么。老人双目紧闭，一味昏睡，脸部像贴了一层薄纸，颜色有些虚假。他的身子一动不动，甚至我感觉不到他的呼吸声。当然，他一定是在呼吸的了，我只有把耳朵凑到他的鼻子前面，唯有这微弱的、缓慢平静有节奏的一进一出表明他仍然活着。

大约下午三点，那个黄头发来病房看看父亲的身体状况。通常，她都是这个时间过来，她的问题都是很简短的，主要是换一下隔尿垫，检查病人的生命体征，而我的父亲只是一味地昏睡。我很清楚，父亲的生命力正在徐徐衰减。换言之，他正在缓慢但精确地逼近死亡。从医学的角度来看，如今已无计可施，只能让他在这里安静地沉睡。

黄头发护士告诉我，只能这样了，能够做到的无非就这些。

她说完这些，转身去了别的病房。

房间里再一次剩下我和父亲的时候，我只能站在窗前眺望外面的风景。绿草茵茵的疗养院对面，黑压压地横亘着一些村落。

这个时候，一切显得非常安静，仿佛是我跟父亲的灵魂相互对望，各自低语着自己过去的故事一般，那里有重叠、有交流、有碰撞，似乎我们共同在呼唤更多的灵魂加入我的故事当中。让我讲述的故事更加丰富多彩，更加有生命力。

站累了，我就坐在父亲的床边，不时对着他说说话，但依然没有像样的回应。

父亲仍然是仰面长卧着，一时睁眼，一时熟睡。在大部分时间里，我一直是在眺望着窗外的风景。当黄昏临近时，便等待着发生什么，然而，什么也没有发生。

唯有天空静静暗下来，没有任何声响，房间笼罩在淡淡的、浅浅的黑暗之中。我最终还是无可奈何地起身，乘上的士赶回在黄冈市区二姐家休息。

晚上，在进入睡眠之前，我突然意识到，也许，我应该更加专心地面对我的父亲，当日来回探望只怕还不够，可能需要对父亲更深入的关怀。我这样想并没有具体的根据，只是这样感觉的。

我没有了睡意。起身，出门，来到赤壁公园。看到四周几乎在一瞬间重新轮廓分明的景物时，我觉得它们就像是一个准备直播现场的工作人员所匆匆重新搭好的布景，为的是要欺骗别人或者骗我自己相信，这世界的一切都是真实，充满人性味道的。我对此嗤之以鼻。不是夸耀这个时代，这个时代虽然还有很多不好的东西，但总的说来，并不是特别坏，还是有很多事情值得我去做、去捍卫。有句话说，你的价值在于你的敌人的分量。对于我而言，我的价值在于这个时代苦难的分量，以及在此基础上我能够有多大的改造决心与勇气。

而我的父亲正值年富力强的年代，生活的重担压得他喘不过气来。因为每天的生活都被劳作填满，拼尽全力都只为满足眼前对温饱的需求。没有精力去思考长远的发展，以为未来会日复一日，永远如此平顺下去。人的狭隘、短视和自私就是显而易见的特点了。

"走到哪儿都是一样的，回忆过去的任何事情也都一样。中国人在那个时代似乎大家都差不多。"我听到自己的声音在"差不多"中这样说。这个"差不多"，在我长时间的思考中几乎是可以具体拥抱得到的。

第二天清晨，我一早起来就去长江边上跑步。在赤壁公园转圈，两三个来回下来，就有六七公里，跑完了，一身是汗。然后返回我二姐家洗澡和吃早餐。

她每天准备的饭菜总是不一样的，分别是家乡的鱼干、肉糕、红烧肉、咸菜焖猪下水、面食和米饭，不知为何，现在想来，依旧是很美味的。

早餐后，我就去疗养院见我的父亲。坐在他的病床边用电脑写小说或者别的什么文章。许久没有这样的宁静了，我感觉自己非常开心。在家乡的土地上，远离了平日繁忙的工作而进行有节奏的生活，转变一下心情，换一换频道，倒也不错。

外面的鸟在不断地鸣叫，我也喜欢这声音。

在我的记忆中，我的父亲没有那么豪气英武，也没有那般勤劳坚韧，更没有那样挺拔高大。他的一生中的大多数时间为生活所困，面色无光，活得辛苦，甚至有些卑微。

涉及父亲的感情生活，我也不知道是不如意还是美满幸福。总之，在他的晚年，在子女们不需要他的时候，他骤然间变得苍老甚至略微显出一些猥琐。可是，我可以确定的是，他爱他的子女，像好斗而勇敢的工蚁，毫不犹豫进行或明或暗的战斗，绝对不会放下任何一丁点子女和家庭的利益。他经常像斗败了的公鸡，垂头丧气地回到家里，但是，只要我们这些子女一出现，他就只说对自己非常有利的话，还要在我们面前装得若无其事。

那次，我去上大学，临走前，在车站里，他认认真真拿起我的手看了又看，说："我没有把你这样的人变成一个完完全全的废物已经是奇迹了，没有容你饿肚子就已经很幸运了。仅仅凭这一点，我就是快乐的。"

然后，他头也不回，黯然离去。

那个时候，我 17 岁，忽然心里就想：说不定自己再不能成为一个地地道道的人了，最低限度看待当时的我自己，自己已经活得没有那么纯粹了。我犯过几个青春期的错误，都是暗恋那个谁啊谁的。如今想来，那甚至连错误都不是，是人性，是青春的萌动。与其说是错误，莫如说是我自身与生俱来的天然的、倾向性的东西。如此想着，我有些黯然神伤。

时至今日，我依然记得，就在父亲转身的那个时候，我仿佛听见音乐响起，一阵琴弦的拨动，接着一个女声浅吟低唱，如丝绸般轻柔，却不知何故穿透了我的心灵。

我永远忘不了父亲那一刻的模样，强势而又绝望。他身体前倾，咬着牙，眼睛眯成一条缝，在儿子的脸上搜寻着表示赞同的迹象、共同信念的痕迹，但令他非常失望的是，他没有找到。

穿过俗世

如果有人问我，我和我的父亲有什么不同，我竟然一时回答不上来。我曾经觉得，我和父亲之间有太多的不同，而现在觉得其实我跟他本质上是一样的：我们都努力让自己在儿子面前从容不迫，威严神勇，严肃认真，掩饰自己内心的脆弱、不堪、怯懦和恐慌。

现在回想起来，我的儿子出生那天，我正在谈一件重要工作，听说妻子要生了，急急地骑着自行车向湖北省人民医院赶去。

等我赶到时，儿子已然出生。他神色安静，不着喜怒，正躺在婴儿车中昏昏沉睡。有意思的是，婴儿车中有十二个同一天出生的婴儿。唯有我的儿子，我一眼就认出了他。他那样眼熟而亲切，却又无比遥远而陌生，像远方突然闯进我家的不速之客。面对这个出现在我家门口的陌生人，我不敢贸然打开我的家门，怕一打开，就接下一个高深莫测的任务。而事实上，他的到来，让我感觉是另外一个"我"走进了我的这个家。

他们母子俩出了医院之后的当天夜晚，儿子间或醒来过，眼睛尚未完全睁开，只淡淡地瞄了我一眼，那么骄傲甚至暗藏着某种对来到这个家庭的不屑，然后又悄然睡去。

我盯着他，深觉责任重大又无法逃避。

我不知道我父亲是否跟我有同样的感受，见到孩子第一眼时，一个突如其来的生命让自己感到迷茫和手足无措。

我曾对儿子半夜哭闹深感烦躁不安，对他把家里弄得乱七八糟而感到怒火中烧、暴跳如雷。可看见他稚嫩的脸蛋，渐渐地，不知从何时开始，他已成为我最好的朋友了。我无需承诺什么，只是知道此生我必须保护他，爱护他，帮助他，哪怕牺牲自己的生命也在所不惜。

中国的父亲跟世界上其他国家的父亲有些不同，我觉得拿一身洒满北美阳光的父亲的标准来要求中国父亲并不公平。我曾经在一个火灾现场看见令人难忘的一幕，在一组电瓶车爆炸的一瞬间，一个三十多岁、刚为人父的男人用身体下意识地挡住了家门，力求挡住涌进家的烟雾和冲击波。家门被震塌的那个瞬间，这个父亲被活活烧死。

死亡的时候，他的动作粗俗，表情十分难看。而他的身后是他的妻子以及她怀抱中的婴儿。那位刚为人母的女人，生怕婴儿被炸死，前胸死死抱住婴儿，后背朝着冲击波过来的方向。一家三口死在同一个现场。我相信他们的一系列动作都是临死前潜意识的本能反应。我想，这一对夫妻一定是爱孩子的，他们死得如此壮烈。

在中国，每个父亲很有可能在子女眼里都有着不堪的一面。我们都知道，倘若孩子们发现我们的不堪，才是我们最大的不堪。多年来，在儿子面前，我总是小心翼翼地隐藏住自己狼狈不堪的奋斗历程，努力积攒自己的人脉和资源，每天把胡须刮得干干净净，人模狗样的，穿着整洁的衣服去上班，让儿子觉得父亲其实是潇洒和浪漫的，不甘人后，有头有脸，不输于人，临危不惧，成竹在胸。问题是，锁定带来结果的原因并非一件容易的事，而将其拿在手上展示给别人观看却是一件更加困难的事情。如果我继续讲述自己的故事，没准就要走上与此相似的路，是一种毫无意义的重复。

而现在，此时此刻，世界已经在眼前发生了沧桑巨变，我的父亲依然安静地卧病在床。他当然不需要再装扮自己了。闪入我眼帘的，恐怕只是他的虚弱的裸体，这是我的父亲一辈子都不愿意别人看见的一面，可如今，在他的儿子面前，却已经展露无遗了。

陪同父亲的那些天，我总是在夜晚十二点睡觉。每天重复着同样的事情。尽管这样，我还是一如既往地对着这个昏迷不醒的男人汇报自己的踪迹，甚至包括我记忆中相当具体的故事的细节。父亲自然毫无反应，我的叙述如同对着墙壁讲述一样，永远没有了回应。

现在想来，那几天，一切都不过是习惯性的仪式罢了，但单纯的反复有时也有不小的意义。

我随身携带的电脑硬盘中储存了很多的电子书，大多数是一些哲学、小说和文学类的作品，没有什么规定的书目。我所读的书，父亲能否听得懂，我不是很清楚。我想，只要我将正在看的书读出声来即可。如果电脑里储存的是一本天文书，我也同样会读出声来。我尽量用最为清晰的语速、使用乡音缓慢地朗读文章，好让老人能够听得清。这是我唯一需要特别注意的问题。

累了，我又开始了面朝父亲的倾诉："我的少年时期是在一个并不偏僻的农场度过的。那个地方是江汉平原的一部分，与大别山的出口相互连接。人在少年儿童期以前，生命还处于柔弱易碎的阶段，无论是心理状态还是身体状态，完全处于成长阶段，还没有达到一个相对安全而又恒定的程度。但是，随着我的体力的增长已经超过了我欲望的需要，我变得焦虑不安。从绝对意义上讲，我的心灵还很柔弱，对外在事物的判断主要依赖于别人的评价。但从相对意义来说，少年时期的我，与我的儿童时期相比较，已经是变得更加强大了。也就是说，与成人对比，我还是柔弱的，但相对于童年时期的孩子的需求而言，我感觉到自己已经是非常强壮的了。"

父亲仰面朝天，垂着眼睑，眼皮遮蔽着深陷的眼睛，就像沉沉地拉下卷帘门的一间不幸的车库。接下去又是一阵沉默。但没了刚才的沉默那种令人窒息的密度。

我接着说："现在分析我少年时期所过的生活，所出现的种种心理问题，我以为我之所以显得柔弱，是由于我的体力与欲望之间有诸多的不平衡。要满足自己的欲望，需要花费体力的同时，还要有反抗的勇气。很显然，我没有那种胆魄。唯一的办法只能是减少欲念，这就等于增加了我的体力。我的生命中总涌溢着一股芬芳的气息，那是草叶的香醇，土地的味道。我曾经在夏日的田埂上割过青草，在深秋的路旁扫过树叶，在阳光烂漫的原野里割谷和插秧。我看见父亲及农工们的汗水就洒在田埂路旁、原野和每一片草叶上。或许，我是农场职工的儿子，总能聆听到土地的声音。成长给予人的或许是觉醒和反思，就如同一株被刻上字的小树，虽然逐渐地有了年轮，长成了参天的大树，可那记忆的痕迹，如同古树的年轮的纹路，每一个圆圈都是岁月画定的记号，那记号就是生活气息的残存。"

说到这里，我从椅子上站起来，大大地舒展一下身体，走到窗前，继续眺望外面的风景。家乡的晴天持续多日，一直没有下雨。病房里也显得十分干燥。枕头、衣柜、书、电脑和桌子，所有的东西都如同晒蔫了的树叶，了无生趣。然而，病房外面的一切，包括天气、温度、湿度和风力都与父亲无关。他依然沉陷在连绵不断的昏睡之中。麻痹仿佛是大慈大悲的袈裟，裹住他的全身。我休息了一会儿又继续朗读从电脑上下载的书。在这长条形的房间里，除此之外，我一无所能。

时间长了，我所朗读的书的内容让我自己都觉得厌倦。我沉默着坐在那里，望着父亲熟睡的身影，推测他的大脑中正在思考着什么。在他头盖骨的内侧究竟潜藏着什么样形态的意识呢？抑或是那里已然空无一物了？就像被遗弃的房屋，家具、生活用品一件不剩地被搬运走了，清空了，曾经住着的人们已然不留痕迹地消失得无影无踪了。

然而，即便如此，在疗养院那墙壁上、天花板上、灯管上，肯定烙印着他时时刻刻的记忆和情景。天长日久使用和培育起来的东西，不会那么容易地被吸进一片虚无之中。也许，躺在这疗养院简朴的病床上，父亲还在内心深处的空房间那寂静的黑暗中，被别人无法看见的情景与记忆重重环绕着，且纠缠不清。

心存疑虑

漆黑的夜晚来临的时候，父亲的呼吸陡然停止了，紧接着又有了呼吸。来来回回，中断呼吸，又接续呼吸。他面容僵硬，费力地吐出气体时，脖子上一根血管鼓了起来，一会儿显现，一会儿消失，像一条挣扎扭动的大蛇。也不是就想死去，说实话。只是在这里等待死的到来，如同坐在车站长椅上等待列车开来。我按了一下紧急呼叫的电铃，随后，黄头发护士赶到了。随之而来的还有两位男护工。我估计父亲的最后时刻到了。

秃顶医生也马上赶了过来。他在现场立即进行了问诊，做了简单的检查。这期间，父亲还是紧闭眼睛和嘴巴。每个人都看着我的父亲。他面无表情。沉默比吼叫更可怕。

秃顶医生说："你其实可以回去休息一下，等疗养院通知你，你再过来不迟。"

"应该能够赶上吧？"我的意思是赶上父亲生命的最后时光跟他道别，送父亲最后一程。

他听懂了我的意思，无所谓地说："我们经历这样的事情多着呢，你安心休息一晚，明天再来，来得及的。"

来的男护工个个都寡言少语。也许是戴着硕大的口罩的缘故，连一句话也不愿意多说，或者是因为职业操守上的要求，他们一直不愿意跟我说话。其中一个身材矮小，头发很短，肤色浅黑，透过口罩朝我微笑了一下。看眼睛就知道他在微笑。我也微笑着朝他点了点头。

父亲被两位男护工推走了。我在确认他已经进入急救室之后，听从了医生的劝说，返回二姐温暖的家。

走进自己的房间，我喝了一杯热热的绿茶，消磨大约十五分钟，把怀着期待的心完全放下，人感觉一阵轻松。

我连梦也没做一个，就沉沉地睡去了。

第二天，新的太阳刚刚升起来，只一会儿工夫，突然就有了乌云，天黑沉沉一片，我的预感已经成了现实。在日常生活中，我的预感往往没有根据，但却十分准确。我在工作和生活中，与其说是凭经验，毋宁说是凭预感，不，应该是凭猜想去判断许多事物的走向和趋势，甚至是一种自认为的臆断。越往坏里去设想，做起事情来就越切近本相，越是没有遗憾。世界通常被遮蔽得如此严重，不用利器就无法揭开它，我对于工作和生活的预判就是这样的利器。我是对黑暗特别敏感的人，是悲观主义者，甚至是有点神经质的人。

我上了一辆红色的桑塔纳的士。这时，天空开始下起了毛毛细雨，随后出现了雨雪。的士车停在疗养院的门前。阴凉的北风中，绵绵不断的雨雪濡湿了疗养院大院里的景观树和草地，望上去洁白而凝重。

在疗养院的门前，下了的士，我根本听不到周围的人声。风骤然停了，唯有雨雪从空中直直地落下。

到了中午，真真实实的雪花开始飘舞了。在我的记忆里，十一月下旬，我的家乡是不可能下雪的。一般而言，只有元旦以后才会出现下雪天气。这反常的气候，让我陡然心生悲凉。

疗养院门前的街道显得清静而且从容，两旁的商店都关上了门，只有寥寥不多的几个人行走在街上。于是，我才感到自己已经脱离了虚幻，进入现实之中。此刻的街上，满是落地即化的雪，我走在上面仿佛游荡在平静的河面上。

这时候，一辆卡车从我的身边驶过，扬起的雨雪和泥浆几乎将我的身体覆盖。我走到了疗养院大门的中央，继续往里走。疗养院周围的一切也都显得阴暗而潮湿。一些医护人员在雨雪中进进出出。

在没有接到疗养院通知的情况下，我再一次进入父亲曾经住过的那间微暗的病房。那里面仅仅残留着病人的气味和留着父亲人形凹陷的空床。

我想，在那空荡荡的病床上，会不会再一次出现我沉睡的父亲呢？我的父亲还会有机会醒来吗？我很想对父亲再说一次："我这几天跟您说的话，完全是我的一种回忆。当然，我的回忆总是在岁月消逝后才出现的，如同坠入湍急的河流的人，一根腐朽的木头，突然漂流到溺水者眼前，握住这根木头仅仅只是自我拯救的一种特殊的象征，一种未曾验证的奢望，一种自我安慰。虽然自己未必真的能够得救，但是，握住这根木头就有希望，总比绝望好。同样的道理，回忆无法还原过去生活的真实景象，它只是时不时地提醒我或者我们：过去曾经拥有过什么？我们对现在的各种生活形态，有没有把控的能力，至少我是心存疑虑的。"

然而，这样的事是绝对不会发生的了。父亲已经进入了急救室，我的关于这一切的提问，都是枉然的。

我的目光看向病床上父亲留下的凹痕，想起父亲过去的好，想起他一生的不容易，一行热泪不自觉地流了下来。我将泪目转向窗外，眺望着户外逐渐浓稠的雪雾，一片茫然，那景象虽然美丽，却又不单单是美丽，似乎更具有某种灵性的意味，甚至像是这遍布着死亡、沉默、阴郁与精灵的神奇的故乡神性的模样。

我想，到了我现在这个年龄，是回首往事、咀嚼往事的年龄了。快乐与苦难，得意与不得意，幸与不幸，冷嘲与热讽，无奈与尴尬，妥协与苟且，咀嚼之下，便有了分量。这个时候，我想起了寡言少语的父亲。

他在年轻的时候总是精力充沛、任劳任怨、激情澎湃；他的一言一行、一举一动都有强大的感染力和号召力，浑身散发着喜悦与仁慈的能量，就像绽放中的美丽花朵，给每一个接近他的人带来愉悦的感受。作为儿女，我们与他在一起时，都会情不自禁地感到快乐，有了如山的肩膀依靠，有了生活的重心。他让我们这些子女知道唯有像草芥和泥土般存在，才能拥有真实的观察世界的目光，而最低处的尘埃里，恰恰是一个人最正当的位置。

我注视着父亲病床上仅仅留下的一个小得可怜的人形凹陷，感觉到了天气的骤然变化。静下心来想一想，也难怪，温暖的天气已经持续数日，凉意惊人的北风便来造访了。晴久必变，这是规律。而病房的一切，确与这样的季节变化毫不相关。

我想尽量让自己变成无色透明的观察者，屏气凝神，平静地等待着那一刻。此时此刻与彼时彼刻的差别日渐稀薄。

整整一个白天过去了，父亲的结果仍然没有出现，尽管我知道那结果是一定要出现的。

父亲还没被送回来。病床的床单上还留着他的凹痕。然而，那里已经没有了父亲。被淡而冷的雾霭染得微暗的房间里，仅仅残留着不久前还待在屋里的一个衰弱老人躺过的细微痕迹。

我长叹一声，依旧在椅子上坐下，百无聊赖，将双手放在膝头，久久地凝望着床单上的凹痕，然后站起身，一步步走到窗边向外望去。

晚秋黄昏的云，笔直地拖曳在城市的上空，远处吹过来的风凉飕飕的，有些刺骨。似乎许久许久不曾有过如此凄美的天空了。有点像迟迟不落的日间黄昏。

我在充满老年人气味的病房中咬着嘴唇，闭目不动，就像调节收音机旋钮一般，仔细地聆听着周围世界发出的响声。

疗养院墙外依然是汽车过往的声音，不断的车声首先传入了我的耳廓。远处有人在高声呼唤谁，那声音嘶哑，声调高亢。还有一些不同的声音不知是来自何处。我的眼睛闭得久了，传入耳廓的种种声音便失去了方位与距离感，乱哄哄，一片杂乱。

漆黑一团

深夜，独自一人之时，我不由得想起同在农村田埂上奔走的父亲。我关于那个时代的记忆是奇特、顽固而且独立的，同任何场所也不相连接，同任何人也不相连。这种一连串的事实，恍若一幕栩栩如生的梦，细节都记得真真切切的，甚至在某种意义上比现实还要鲜明，更有时代感。然而，归根结底还是不同任何存在发生实质性的联系。但对于我的思维而言，则似乎求之不得。那是在极其有限的形式下的心灵契合，是对遐想式幻觉的珍惜。

我的眼睛看着天花板，我的身体被天花板上的日光灯照得通亮。良久，看累了，我仰卧在父亲睡过的床上睡了一会儿。

不是半个小时就是四十分钟，无梦而安详的睡眠。是全力开动脑筋、想累了之后那种深邃惬意的睡眠。

回想起来，我最近几天只是零零散散极不规律地睡过几觉。在黄昏到来前，必须从体内排除积蓄的疲倦，以强健而崭新的面貌出门。在疗养院，我的身体本能地知道，需要纯粹的休息。就在被拖进睡眠之际，我听见了，或者说感觉到了父亲的声音。那么，我的父亲究竟跟我说了一些什么呢？抑或他究竟想跟我说一些什么呢？我感觉我的意识有些迷糊，一时竟然想不起来。就这样，我的心脏快速跳动起来。心中有事，烦躁不安。我给妻子打了一个电话。

我在电话里说："父亲昨天晚上被推进了急救室，他的呼吸时断时续，情况似乎不是很好，我担心他醒不过来。"

"你尽量朝着好的方面去想吧，但是，还是要做最坏的打算。"妻子在电话里安慰我，可是，我的大脑想象不出任何好的东西来。

她接着说："我跟儿子尽快赶过来。"

"但是，医生还是没有正式通知我最后的结果，只是让我回住处等电话。父亲的状况是时沉时浮，似乎还有气息。"

"这种情况挺让人窝心的，我的感觉是你就在疗养院里等候。我跟儿子很快就从深圳飞过来。"

我想了一下，说："你的意思是说父亲已经不行了？"

"当然有这个可能性。"妻子说。

"我只是不太相信这个事实而已。"

"承认与不承认都要面临这个结果，"妻子说，"你还是待在疗养院吧，在那儿待着，或许还能赶上送最后一程。"

"我现在就在疗养院，"我答道，"你的提醒对我来说非常重要。"

这个时候，我感觉妻子是在黑暗之中接我的电话的。我推测，黑暗中她正静静地将手机贴在耳边，朝着有声音的窗外凝目看去，似乎，我在电话的这一边可以隐隐约约地感觉出她的凝重和担心。

"你们是父子，应该有真实的感受。"她说。这已不是妻子的语声，也并非撒娇少女的声音，而完全是另外一个人的，其中有着某种睿智、禅意和安闲的含义，"已经是最后的时刻了，我说的这些你可明白？"

"我明白，我感觉父亲正在远去，那恐怕是我在深邃的睡眠中才能找到的东西，断片儿，一无所知，似乎又是清晰的，脑海中浮现的关于父亲的画面特别逼真。这对于我是真实的。"

挂了电话，思前想后，我觉得妻子是对的，我应该放弃晚上的休息，就在疗养院一直等着，我得送父亲最后一程。

朝着窗外看去，我感觉黑暗的密度正在我周围一点点变得浓稠，黑暗的比重在逐渐加大，浓稠得几乎要滴下来。得抓紧时间，我想。没有那么多时间留给我，一旦父亲真的是回光返照，疗养院的工作人员很可能来这里找我。我必须把头脑中渐趋成形的思考果断地转换为语言，并且能够及时地向父亲倾诉。

于我自己而言，与父亲之间有着明暗渠道，血脉中潜伏一种阴暗的秘密，生物学意义上的父与子怎么也是难以分离的，我的这种感觉不可能完全与血缘关系无关。所以，离开了原生家庭，我在别的任何家中总感到孤独，惶惶不可终日。我总是悄悄地生活在不明来由的不安中，就像水族馆里的水母，飘飘荡荡，不知所终。

我把我的这些想法说了出来。面对空气。话说罢，接下去便是深深的沉默。这是我所设想的一切。一部分是我此前朦胧感觉到的，其余则是在黑暗中说话时浮上脑海的。也可能是黑暗的力量填补了我想象的空白。或许这里的护理人员的存在对我有帮助亦未可知。但我的设想也还是同样没有任何根据的。

现在回想起来，父亲到了晚年，总是悲观、厌世、沮丧、多疑、消极、悲怨，温驯的眼睛略带一丝冷漠。与他在一起时，任何人都会感觉到莫名的压抑、不耐烦和不快乐。他浑身充斥着冷酷、狭隘、偏激、自私、挑剔与怀疑的能量，这种能量可能会吓退本想亲近他的人，特别是他的儿女和其他的亲人。

迷迷糊糊地睡了一会儿，睡了多久，我很难确定。在我醒来时，房间里并非漆黑一团，雨雪骤停，有月光从窗口皎皎泻入。好大好大的月亮如银色的不锈钢盘，明晃晃地悬浮在窗户的上方。的确很大很大啊，仿佛是一张白纸，一伸手即可把字写在上面，从窗口射进来的月光宛如水洼亮晶晶地积在地上。

我很想再睡，但睡不着。根本不可能带着无法诉诸语言的心情入睡。这我知道。我从床上爬起身，一切都吱呀作响，一切声响听起来都很陈腐，而我便被包容在这个里面。我为父亲流泪，为我不能为之哭泣的东西流泪。

我穿上外衣，上街走进最先看到的迪斯科舞厅，听着不停顿的、不知名的爵士音乐，我感觉自己多少变得正常起来。也必须变得正常。总之，过去十天，每一天的时间都在远离我自己的记忆，直到漆黑的暗夜之中传来远处的声响。

我的父亲生命即将走向尽头，这是一场命运戏剧的结束。他的一生或许只是一场已经结束的话剧，其悲剧命运更凸显一些。当然，这场悲剧也时时有着温情在闪烁。

溜达一圈以后回到疗养院，我望着空荡荡的病床继续着白天的诉说："爸爸，人间的长旅充满了多少凄冷、寂寞、孤苦，没有朋友的人是生活在黑暗中的人，没有朋友的人是人世间真正的弃儿。在我的记忆之中，您一辈子没有朋友，到了晚年，连打麻将的朋友也没有，因为您害怕输钱，哪怕输了几毛钱，您都会觉得如同割肉般的心痛，所以决定永远不再打麻将。尽管您一辈子都是独来独往，孤单的，也是另类的。但是，您没有横蛮、虚弱，甚至是生硬地逼迫我成为您希望成为的人，您没有以父权威逼我，随心所欲地裁判我的生活，强迫我去完成您未曾实现的自己的理想，而是让我自由自在地成长为今天的我。您原谅儿子经受过的挫折、脆弱和孤单；原谅儿子的敏感、焦虑、烦躁不安和神经质；原谅某些人不喜欢我，我也不喜欢某些人的现实状况；在那么多人长得比我强壮，比我有味道，比我有智慧的时候，您没有因此而抛弃我、嫌弃我、埋怨我；您原谅了我如同您一样逐渐地变老变丑。您把这个世界上最美好的品质遗传给了我：不气馁，不作恶，不惹事；有理想，有召唤，有良知；爱自由，爱家人，爱生活。"

对的，我想起来了，我还有一句话没有对父亲说，还是继续说下去吧！

我说："爸爸，您是我的起点，无疑也是我的终点，是您派生出了我生命的旅程。从您的身上我学会了与人交往的许多方法，我懂得低调的道理。而我的低调不是因为我多么有人生的智慧，而是因为当我面临无可奈何的生活时，已经别无选择。"

我非常努力地控制住自己的感情说着自己想说的话。我的声音在深沉的黑暗中又开始带有一丝异样，声波有了轻微的震动，就好像有人埋伏在暗处代我说话，并且准确地表达了我的意思。我轻咳一声，吃准说话人的确是我之后继续道："是的，我无可奈何，别无选择。"

空荡荡的床榻依旧静默不语。我又接着说："爸爸，您放心，信念依然会照亮我，但眼前仍是黑暗一片，那黑暗浓稠得可以用锋利的尖刀切下一块来，被切下来的仅仅是那么一小块的黑暗，就重于泰山，足以压垮整个地球上的生物，压垮您和我。我们生活的周围什么时候才会出现亮光，哪怕是微光一现也行，也会让我如同您一般，在生命的最后时刻，平凡、圆满，而且知足。"

说到这些，我的心里一时五味杂陈，我似乎已经真的是有些明白死意味着什么了。我害怕失去至爱的亲人，为此，我愿意放弃自己的任性，收敛自己的蛮横，为亲人的不死做出自己小小的牺牲和努力。对于即将进入老年的我来说，这也许就是一份珍惜吧。

无语的沉默

我想，父亲的死包含着我这一生永远无法补偿的遗憾。让我经历这些死亡的场景也是有益处的。我还想，父亲来到这个世界上，就是滚滚红尘中的一分子。我有意识地让他与悲哀和伤痛隔绝，得到的就是对于失去父亲这一结果的坦然接受。既然生与死这堂大课终有一天我们每一个人得上，让他、让我早早地对生命的哲学有所感悟也没有什么不好。

当然，我不能过分渲染死亡的可怕，无原则地用死来恫吓自己和别的什么人，更不能去吓唬我的亲人，为家庭增加不必要的精神压力和心理负担。毕竟，对于每一个人来说，死亡都是我们必须面临的问题，死是属于生的必修课，也是生的一个组成部分。了解死并不是为了让我和我的父亲流出恐惧的泪水，而是为了让他展现出更充满生命意味的灿烂笑容和坦然心态。

如果说死亡的话题是一朵乌云，如果在适当的时候和地点落成适宜的雨水，也许会让生命之花开得更丰富、更圆润、更夺目、更美，我想。

我几乎是自言自语地继续说："如今，科学技术发展迅猛，哲学命题的不断丰富，让我强烈地感受到，生与死的界限也开始模糊不清了。对于在现实中死去的人，只要有人记住了他们，他们便依然活着，活在我们的心中。另一些人尽管继续活在现实中，可是对他们的遗忘也就意味着他们已经死亡。而欲望和美感、情与仇、爱与恨、此岸与彼岸、真与假、善与恶在精神世界里都像一粥一饭一样实实在在，它们都具有自己的能量、外在的形态和常识所理解的实用性。我们的目光可以望到它们，我们的手可以触摸它们。"

当然没有回应，我再度陷入沉默。我和父亲及我的家族共同拥有的仅仅是很早很早以前死去的时间的残片，随风而逝的凡尘，但至今仍有些许温馨的回忆如远古的光，照亮了我，往来彷徨，络绎不绝。往下，死将俘获我的父亲并将我的源头投入熔炉之中，而我将同古老的光照一起穿过被其投入之前的短暂时刻。

就在我胡思乱想的时候，天光悄然破晓。我扬起脸，定定地注视着床头闹钟的指针，那指针按照现实时间缓缓移动。它一点一点地向前移动。我胳膊的内侧承受着自己身体的重量，同时我也感觉到，我只有这部分身体是温暖潮润的。

躺在床上的时候，我突然感觉到天地都在颤动，仔细体会，我恍然大悟，摇晃的不是房间，不是世界，而是我自己的躯体。明白了这一点，我真的感觉冷彻骨髓了。

整个疗养院几乎听不到任何声响，只有深邃而内省的静谧。我将暮秋的空气再一次满满地吸入胸膛，任凭气体在呼吸系统平静徐缓地流动。在这种时刻，我会觉得自己仿佛被带回了遥远的过去。对于这间病房而言，无人的沉默恰当地配合了我的心境。

我究竟怀有怎样的心境呢？这些年，时不时地，我就会觉得自己好像是一个高级的、技术性的服务员。我驱使着用自己的技能，尽可能充满良心地，毫无纰漏地进行着特定的有规律的活动和工作，而后使我的服务对象得到满足。我具有这样的性格和特性，充满着高度的专业性而不是机械的按部就班，其中却也蕴含了我的相应的生活习惯。

我并不是希望成为这种类型的人，也不是希望成为这种类型的新新人类。我只不过是随波逐流，在不知不觉之间放弃了自己从小树立的情怀。面对现实，我不得不考虑安定的、富足的生活，而以此为契机，却也不仅仅于此。实际上在很早之前，我对于"自己为自己干活并成为自己"便已不再抱有那样强烈的意愿了。

也许，我仅仅是将活着并希望活得更好当作了自己的借口。我已经不是被称作年轻人、中年人的人了，胸中的熊熊燃烧的火焰已然消失殆尽，逐渐熄灭。我也逐渐忘却了那份青春炙热的触感曾经是如何温暖过我的身体。

面对这样的自己，我应该在某处做出一个切实的了断，或者也应该采取一些措施吧。可我仅仅是得过且过而已。之后再做出一个了断。因此，说到底，我所做的，大概是同自己的内心世界巧妙地、真诚地达成某种各方都能接受的妥协。

想到这里，我突然下定决心，干脆让自己的身体再一次躺在父亲躺过的床上，一动不动。

细碎花瓣的窗帘拉得严严实实。我在父亲躺过的病床上躺下，眼望墙上的电子挂钟，那时钟的时间刻度正在不停地闪烁。病房里的空气凝然不动，有些沉闷悲凉。虚浅的睡眠几次袭击了我的脑际，但我依然是清醒的。

现在这个时候，似乎墙上时钟的指针已经毫无意义。无非是浓重的黑暗与明亮线条之间的颜色的强烈反差罢了。我静静地忍耐着自己的肉体一点点失去实体，失去意识，失去重量，失去感觉。

这个时候，在这种虚空的感觉中，我只能深深地、直直地逼视自己。刹那间，我的脑海中映过很多过往的人，很多的过去所经历的事。我把父亲从头到尾想了一遍，我想起他日复一日地奔走在去镇上的路线上的时光。

父亲在漫长的岁月里穿坏了不计其数的解放鞋。每双鞋都是绿色的帆布面，外观相同，都是黑色的橡胶底子，在那个年代是极为实用的廉价鞋。那些解放鞋都饱受折磨，被弄得破破烂烂，惨不忍睹，绽开磨损，后跟歪斜。每当看到变形如此剧烈的胶底解放鞋，少年时代的我便心痛难忍。我并不是可怜我的父亲，而是可怜鞋子。这些鞋子让我想起了被无情地一再利用，最终濒临死亡的可怜的劳役动物。然而，仔细想想，如今的父亲不就像濒死的劳役动物吗？不就和磨损的解放鞋一样吗？

我想起了一年前辞世的母亲，想起了父亲奔波的一生。想到这里，我的眼角有些湿润了。

父亲从未跟我探讨过死亡的话题，我总是在想，为什么对于我来说，父亲的死亡是平静的，是不悲不喜的，是那个让我觉得很理想的死亡的样子呢？

我想，是因为从来都没有人告诉过父亲，死亡是不可以去谈论的，它是不吉利的，它是一种毁灭、一种绝望。只是因为我的父亲没有认知，而我们大多数人对于死亡的恐惧，都来源于我们对于它的看法。

正是因为他从不跟我去谈论死亡的话题，因为很多中国老人是很避讳谈论这个话题的。然而，我的父亲是完全可以很直白地跟我谈论的，甚至可以调侃自己的死亡这件事情。但是，他没有跟我谈论这个问题，当然，我也没有主动跟他提及此事。那么，死亡究竟意味着什么呢？

我觉得，死亡对于我和我的父亲来说是一次永远的告别，但是告别并不意味着绝望。生命是有它的定数的。我们要承认，父亲的生命到这里了，我们这些还活着的人就应该让它离开。

如今，现在，接近三十年了，我在深圳这座城市过着极有规律的生活。一旦定下生活模式，便努力地去维持，尽量不使之紊乱。自己也不明白其中的原因，但总觉得这样做似乎无比重要。

我想啊，自己如此地经过了一些什么？遗漏掉了一些什么？到底有多长的时间呢？眼前的白墙随着我的呼吸而徐徐摇晃，到底是白墙在动，还是我的身体在动呢？或许这一切只是我的一种错觉吧？此时的空间有了某种密度，开始一步一步地侵蚀我的肢体。我估摸着这已经是自己忍耐力的临界点了。已经是极限了，我想。

最后的告别

沉沉的睡意袭来，我依然没有睡觉的愿望。

从床上爬起来，我依然不知道自己在父亲的床上停留的时间到底有多久，躺了差不多一个小时吧。我睁开眼，觉得一股异样的生命力充满全身，真是不可思议啊。

只是开始感到自己的思绪脱离了以往的轨道，跑偏了。向着另一个方向如一条小路似的延伸了过去。然后，我才感到一个可怕的想法已经来到近前。

我对着病床说："爸爸，我的生命并没有我理想中的原始的纯正性。我想做一个圣人，但又过于富有人的本能欲望和自我放纵；想做一个平凡的人，又过于自我感觉良好，喜欢用自己的尺子去丈量别人。我的生命并没有原始的纯正性，却忍受着个人自私欲望的侵害，总是想在对立与统一中求得一种安稳的生活。"

我接着说："生活中有很多的事儿，都是跟人息息相关的。因为这世上祸患的根源，依旧是那颗飘忽不定的人心。"

说到这里的时候，我发现自己绕开了目光中的窗帘，视点飘向了千万光年的地方，我预感到自己是在背叛窗帘。我在想这个窗帘显然代表了一个房间，而房间里应该有一个或者两个以上的人。那么，那些人此时此刻在干什么？在哪儿？人的死亡是终点还是起点？是开始还是结束？这个问题始终没有人能够回答。我们必须被迫去承受。

这个世俗的想法使我吓了一跳。

我不敢再抬头仰视窗帘。父亲的生命正在流逝。在过去的艰难岁月里，生活的重担压弯了他的腰，因此，父亲这一生没有时间去沮丧、忧郁、怨恨、焦虑、任性、生气，以及做任何其他不愉快的事情。或许，我刚才对他的倾诉，有着对人生的抱怨，我担心刚才的抱怨会泛滥成灾。

我的亲人离开，我当然会非常痛苦，但这是我应该解决的问题。父亲已经多器官衰竭，已经承担了很多的痛苦，不应该再去承载不应该承担的那份痛苦。因此，我站起来，在走过疗养院的过道时，我想，我立刻转身离去是一种补救的方法。我走得很快，我希望自己能够迅速地离开病房。

出了病房，我只是感到内心平静了许多。我沿着铺满瓷砖的路面走过去，不久之后我已经走上宽阔的大街了。

我很有抱住父亲痛哭一场的冲动。我很想对父亲说：我们千辛万苦，我们张牙舞爪，我们费尽心机，其实最终的雄心，也只是按照自己的意愿，偷偷地、悄无声息地、苟且地活着而已。

当然，有关这一切，我终究没有说出口。一切依然平静如水。在此后我父亲的葬礼上也是如此，我很想抱住沉沉睡去的父亲，想亲吻一下作为最后的道别。当然我没有，甚至也没有哭。

之后，好像是太阳落山的时候，借着暮色，我一个人在长江边的赤壁公园疯跑，一圈又一圈，不知跑了多久，只记得自己的眼泪不是唰唰唰地往下落，而是从两侧横着飞了起来。

跑了差不多一个小时，我再一次回到了病房。

这个时候，我发现人的内心其实总是希望敞开着的，特别是在面对自己的亲人的时候，如同敞开的土地，愿意接受阳光和月光的照耀，愿意接受风雪的降临，接受一切所能抵达的事物，让它们都渗透进来，而且消化它们。

窗外，白色的雨雪荡漾在天空之中，变成了一片闪光的黑暗。我深深地吸了一口气，深秋的疗养院犹如洁白的天空一样一尘不染，干净而且透亮。我想，我现在的行为可能是我的并不短暂的一生当中唯一的一次送别。对于这样的判断，我实际上是没有信心的。

总共十二天，曾经一度，我认为自己也许只是在这座远离深圳的一个并不繁华、生存的环境并不友善的城市里，在仿佛被现实抛弃的疗养院的一个病房里，毫无意义地虚度时光而已。但即便如此，我也无法离开这里，离开那个即将告别这个世界的我的父亲。但我无法想象。此刻此处我眼前出现的，是一位缓慢而确凿地向肉体消亡方向发展的满脸皱纹的银发老人。作为人出生的任何人都将无一例外地迟早遭遇死亡。而他现在正要迎来那一转折点。

我确信，在这个房间里我亲眼看见了生离死别，看见睡在微明中的父亲的身姿，甚至还用这只手触摸过父亲的头发、嘴唇、下巴和面颊。哪怕那是仅有的四五次的事，不，哪怕只是一种虚无缥缈的幻影，我也想尽可能长久地留在这虚妄之中，用心灵的指尖永远去摩挲那时目睹的我的亲人尚有余温的躯体。

窗外没有风。又是一番雨雪，依然漫不经心地下着。

雪花落地就变成了水，无声无息地湿润着地表。四周一片安静，简直如同深海的深渊。

父亲临近去世的那个瞬间，睁开了双眼。他好像还沉浸于不堪回首的往事之中。睁眼，微微摇头。

他的眼睛虽然不是特别地大，但有了精神，聚焦、明确和专一，目光里带有一些令我感到陌生的渴望和企盼。以他特有的温厚善良的神态，悲天悯人地看着虚空的一切，目光单纯而且忧伤，甚至有点腼腆。他一边认真地看着我，一边摇着他那个稍稍显得有些宽阔、硕大、厚重的脑袋，脸上保留着与我往日对话时才会出现的灿烂的微笑，抑或是蹙眉深思的表情，然后，静静地合上眼皮。

看见他的这些神情，我就不能不感觉到他的和蔼、放下、释怀、慈祥与满足。在他的面前，我享受到了绝对的平视与尊重。但是，无论怎么去表达，我依然是他最小的儿子。

对待死去的亲人，我能够做的就是尽可能既长且久地将他或者他们存放于自己珍贵的记忆之中。这一切当然是具有存放记忆的重要意义的。对于我来说，为了不忘记什么，最为有效的手段就是写点文字留下来，以寄托我的哀思。

大概这一切，就如同我和我的父亲沿着各自的攀登的路线，以不同的方式和不同的时间到达同一个山顶，踏入了一个全新的未知世界。而这一路的过程，除了需要我去感悟，更多地是需要我在记录这一切的同时，不能忘却来路与归途。只有这样，幸福才不会遥遥无期！

我将尽可能地为记住他或者他们而努力！

2015 年 11 月 26 日，父亲病逝于湖北省黄冈市，享年 83 周岁。

2021 年 5 月 6 日第一稿于深圳福田
2021 年 11 月 26 日第二稿于深圳龙岗

后 记

写这本书之前，我也出过一本类似记录自己心境历程的书，《旧梦升起的时候》即是。那本书收录了我十多年间所写的文章，讲述了自己的所见所闻和当时的所思所想。不过，现在想来，多数文章写的是粗浅的认识的结晶，或至多算是"记账本"之类的东西。

虽然大学毕业以后一直在司法行政部门工作，而且工作的时间相当长，但归根结底，我觉得我是以行色匆匆的旅行者的眼光看待周围世界的，虽然那种体会依旧是刻骨铭心的。当然，我不是说这样不好，而是说这只是一种逃不过去的宿命。

在现实生活中，我是一个平平常常的人，通常会为了枯燥乏味、无聊的琐事或者误解受到深深的伤害。感觉不公平，也会直言不讳、脱口而出本来不必说出来的话，然后又耿耿于怀、懊悔不已。面对诱惑时总是无力抗拒，有一种无力感；对无趣的义务则尽量视而不见，能躲则躲，毫无责任心可言。我常常会因为鸡毛蒜皮的小事怒不可遏，真正重要的大事上却反而麻痹大意、疏忽延误。

有一个时期，在认识幸福的问题上，我感觉到自己已经不是很正常了，感觉自己已经罹患了什么不可治愈的疾病，病得不轻，病得无人能懂，病入膏肓，无医可治，无药可救。这是我所生活的地方那些年留给我的后遗症。

根据我的观察，某些社交场所，乍一看上去，人人都满面笑容，愉快高兴，沉浸在一片春风和煦的气氛之中，但一般来说，真正的耽于思考的人，感觉到的都是拘束、陌生、尴尬和无聊。实际上，许多人在这种热闹喧嚣的场合下却偏偏找不到快乐。在欢庆和感官不断被强烈刺激的时刻，幸福是拒绝跟你约会的。在那些显赫辉煌的场景中反而很难找到它的身影。真实的幸福在出现的时候，往往是不动声色、悄无声息、毫不声张地到来的；它总在最平凡无奇的日常环境中出现，在你猝不及防的时候临近。

我经常会有想把脑瓜儿清空的时候，别的作家如何处理这类问题我不是很清楚。听说有的人喝酒，有的人找人倾诉，或者在酒吧里随便找一个什么人拥抱一下。而我则是以做平板支撑作为获得清空大脑的最有效的方式。当四肢着地，平衡用力，均匀呼吸，流着汗时，自己就像一个高大建筑的承重墙，感觉什么样的事情和情绪都可以承受。再继续做下去，确实会发现出现了奇迹，有些东西渐渐地被自己清除出身体以外了。

运用这种耐力的训练，就可以弥补我个人才华的不足与偏颇。忍耐力则是要求我坚持每天集中精力面对自己本已经厌烦了的东西。没有这种能力，恐怕便无法当一个有质量的作家。

与才华不同的是，集中注意力与耐力都是可以像训练肌肉那样，通过训练后天获得的。其中遵循的规律的窍门与做平板支撑大同小异。

每天必须不间断地写作，必须集中全部精力工作，将这样的不断思考的结果持续不断地传递给身体系统，让它牢牢地记住，再移动刻度，一点一点将极限值向上提升，注意不让身体发觉。给它刺激，持续。再给它刺激，持续。这个过程当然需要耐心，不过，一定会得到相应的回报。

写作实际上是一项高强度的体力劳动。有许多才华横溢的年轻人可以轻松地越过很多困难，写出精彩的小说或者其他的文章，但这样的自在会随着年龄的增长，逐渐变得困难。过了一定年龄和关卡，就没法再轻而易举地挥霍才华了。所以集中注意力与忍耐力的训练，重复做自己本已经烦透了的事情是所有作家都经历过的过程。其实不只是写作，有许多其他的事情都会因为坚持锻炼身体而改变，相信会有很多坚持锻炼的人赞同我的这一认识。说到底，我从做平板支撑中能学到的并不是个别的规律、体能和技术，而是一种关于生命的体悟和对不可忍受之事的忍受。

归根结底，这个时代有许多有名气的作家正在不遗余力地表演，这样的主流力量已经站在舞台的中心了。我本人相对说来属于支流，只是一个边缘性的被人遗忘的存在，感觉可有可无，某种程度上并未引起读者注意。唯其如此，当一个有思考能力的看客也是一件很好的事情。至于一些嘴巴官司，我不大想这个那个搅和进去了。

我在写作中，一再告诫自己，尽量不东张西望、顾左右而言他；不向文坛的"核心"靠拢，做一个随性的写作者没有什么不好的，安全，随意，不用奴颜婢膝。

尽管如此，我在通常情况下，依然感受到处于萌芽状态下的写作带给我的晕眩。许许多多的故事折磨着我，多数时候让我失去了思考的耐心。当一个故事在我的脑海中初具形态之后，便有了自己生命的主干。故事中的人物开始有了自己独特的行动、语言、思考、行动和感受，他们已经获得了独立的、新的生命，这就要求我尊重他们的存在，为他们着想，为他们设立自己的生活背景。对这些人物，我再也不能任意支配他们的命运，再也不能剥夺他们的自由意志和自由，如果这样做了，不仅会杀死他们，让他们生不如死，还会让故事变得苍白，没有说服力，更无法取悦读者。创作时的这种体验一直让我心醉神迷，让我上瘾，我完全迷失在这种魔幻般的世界里，仿佛与自己心爱的女人做爱，日复一日，一次又一次，永不停息，永不倦怠。

当一个人不具备最为基本的责任心，或者有意和无意地拒绝为自己的人生负责时，便会选择与那些同类型的人做朋友。而这些所谓的朋友本身的生活已经糟糕透顶了，他们的恶习会迅速地传染，影响你，影响他，影响我。而自律和稳定的情绪却不一定迅速地影响他人。这个原因很简单，因为堕落比奋进容易太多，向下滑行比负重前行容易得多。我希望与这样的堕落的朋友保持一个安全的距离。最好能够结束这样的朋友关系。我想重新振作起来，然后再以身作则，激励他人。我没有义务和职责去支持一个让世界变得更糟的人，更不能为这个并不清明的世界增添一份阴暗。你应该选择上进和对你有益的朋友，这并不是自私，而是为了能让彼此变得更好。

南翔教授跟我是亦师亦友的关系。作为公众人物，生活中的南翔教授是很有性格魅力的。他的生活和工作是很丰富很富有挑战性的。既教书育人，又博览群书，笔耕不辍。

一部成功的虚构小说代表着一个时代的主观精神。因此，南翔教授所写的小说尽管与历史记录相比是在虚构，但却传递给我们那易逝去、会消失的真情、意气和背景，而这真情、意气和背景总是他描写的现实生活中的普通人。这些人在南翔教授的笔下，一个个栩栩如生，如同一个个诚实可靠的过客，静悄悄地从我们的身边走过。

南翔教授所写的小说具备过滤这生活甘美精髓的技术和能力，即隐藏在人们遮遮掩掩的核心中的真情。因为在他的文学虚构中，没有任何欺骗和矫揉造作。至少它不具有欺骗性，除非是对那些天真地以为文学应该客观地忠实于生活并且像历史那样完全从属于现实的人们。我以为，他虚构出来的这些人物来源于一种实实在在的生活，是一种令人感觉得到的东西，可以触摸，可以玩味。这样比在空间飘飘忽忽更让人感到有实在感——南翔教授是一个一直在贴着地面飞行的人。

而本书所写到的聂雄前先生，则表现了中国知识分子的一切特质，虚怀若谷，勤于阅读与思考，乐于接受各种观念，至少允许不同意见的存在。

繁乱的生活，并没有侵蚀雄前先生的一颗纯静的心。无论是对人还是对事，雄前先生永远都有一份真诚，极少带有偏见。他总是以知识人特有的"洗练"的感性和富有知性理性的幽默谈吐，表达了对社会上某些不正常现象的揶揄和嘲讽。而对于朋友，则待之以温和、诚恳和宽容，充满情义的关怀和人性的理解，从而给这个令人绝望的冷酷世界带来一涓暖流，为人们干裂的心田滴下取之不尽的甘露。

写作警察的真实故事就像为图书进行分类，他们的真实故事存在于其日常生活和工作方式里。某一个警察的故事存在于他的上班和下班以后的个人生活之中，有关他们的故事同样具有节奏、韵律和隐喻。

为了证实一个人，特别是一个从事警察职业的人的各种传奇和经历，一个正直的警察在某种意义上总是体现这样一个真理：与公众相比，其职业更彻底地融入俗世的生活。对警察个人来说，其经历总是比文学叙述中的一些情节更能说明问题。因此，一个优秀的警察一想到多数案件的现场的时候就会感到恐惧。

感触良深的还有那种贯穿全篇的隐隐流露出来的职业上的痛苦。一个无法巧妙地与世间、与自己的精神妥协，又无法在心中建立起评价自我的重心，使我的躯体往往摇摆不定，心神不宁，我当年的这种郁郁不乐的拙劣形象通常会浮现在我自己的眼前。

这一形象，是典型的心无归处的外在表现。我以无可奈何构筑起饶舌心灵的高墙，以幽默来遮掩自己内心的脆弱。有时还过于逞强，表现得格外地道德高尚，然而这种种的痛苦却贯穿我生命的始终。痛苦是如此强大，若不用幽默来遮盖、用饶舌来掩饰，只怕就无法将繁乱的现实抱拥于怀。

写这篇有关警察的长篇叙事文学未必能传达我真实的思想，只不过能从中窥见我的思想变化脉络而已。这些记录的故事，与其说它是一根草，倒不如说是一个树根，而且，我感觉这树根上也许又会生长出许许多多的枝条来，有一种向外伸展的意味。

支持我活下去的力量不是来自喊叫，也不是来自进攻，而是对现实世界的妥协和忍受。去忍受生命赋予我的责任，去忍受现实给予我的幸福和苦难、无聊和平庸。这也就注定了，每个普通人都要学会在日常生活的点滴中寻找生命的意义和活下去的勇气。所以，如果觉得生活太难了，那就到警队看看。看看他们是如何在坚守的，看看他们是如何在忍耐的。

我想，回到现实中去总是面临一种残忍的结局，我们不得不亲眼目睹文化上的贫困：证实了我们的现实总是不如我们所梦想的那般的美好。我的意思就是说，每当某一个作品暂时平息了人们的某种哀怨，同时也就挑起了人们的不满情绪，刺激了人们的欲望和想象力。

作为一个人，作为一个作家，我恐怕将永远怀抱这"贴地飞行"的状态写下去。至于这是正确的还是不甚正确的，我无从知晓。无论受到指责还是受到赞赏我都感到高兴。因为那里是我已然走到的地方，说到底也只能走到那里，也是我只能写到过的真实的故事，仅此而已。

如果我在后记中应提而未提及部分朋友的作品，未在文字上感谢他们对于我写作上的帮助，不管基于何种理由，这些都是无心的疏忽，我会在以后的写作中补上。

这里收录的文章原先载于《深圳商报·读创》、凤凰网、《深圳特区报》和《中国作家》杂志，收录之前我进行了加工和修正。由于结集之际有些话需要补充，遂在自序和后记中予以交待。

2022 年 6 月 6 日

图书在版编目（CIP）数据

贴地飞行 / 肖双红著. —— 深圳：深圳出版社，
2023.5

ISBN 978-7-5507-3772-3

Ⅰ.①贴… Ⅱ.①肖… Ⅲ.①随笔－作品集－中国－
当代 Ⅳ.①I267.1

中国国家版本馆CIP数据核字(2023)第035522号

贴 地 飞 行
TIE DI FEI XING

出 品 人　聂雄前
责任编辑　曾韬荔
责任技编　梁立新
责任校对　万妮霞

出版发行　深圳出版社
地　　址　深圳市彩田南路海天综合大厦（518033）
网　　址　www.htph.com.cn
服务电话　0755-83460239（邮购、团购）
设计制作　深圳市龙墨文化传播有限公司（0755-83461000）
印　　刷　深圳市华信图文印务有限公司
开　　本　787mm×1092mm　1/16
印　　张　16.75
字　　数　160千
版　　次　2023年5月第1版
印　　次　2023年5月第1次
定　　价　49.80元